格事話

Grimm's
Fairy Tales

格林童話選集

下

格林兄弟 著
林懷卿、趙敏修 譯
騷耳 改寫

善有善報

說到做到

天真無敵

惡魔同行

善有善報

餐桌上的麵包屑

有一天，公雞對小雞說：「快到屋子裡面來，來吃餐桌上的麵包屑，女主人出去了，我這裡一個人也沒有喔。」

小雞說：「不！我們不要勒。女主人知道了會罵我們的。」

公雞說：「放心！她不會曉得，你們趕快進來，反正她也不曾給我們好的東西吃啊。」

最後小雞還是不敢，可是公雞一直慫恿，所以最後牠們全部都進來了。

小雞跳上餐桌，很快的啄起麵包屑。

這個時候呢，女主人回來了！她抓起棍子就拚命的追打，小雞們跌跌撞撞，驚慌四散。

逃出屋子後，小雞對公雞說：「嘰、嘰、嘰、嘰！我們早知道會這樣子。」

公雞大笑著說：「哈、哈、哈、哈！我也知道。」

然後牠們就走開了。

漁夫與他的妻子

從前，有一個漁夫和他的妻子，住在海濱的一個小茅屋裡，漁夫每天都要去海邊釣魚，清早出門，直到晚上才回家。

有一天，漁夫坐在海邊，拿著釣竿，凝視清澈的海水。突然間，一條巨大的比目魚上鉤了，比目魚對漁夫說：「漁夫先生，請放了我吧！我不是普通的比目魚，我是被施了魔法的王子。」

「是嗎？好！我不會殺一條會說話的魚。」

於是，漁夫把比目魚放回水中，比目魚很快的向海底游去。

不久，漁夫回到小茅屋。

妻子向前迎接問道：「今天什麼都沒釣到嗎？」

「是啊！本來釣到一條比目魚，牠說牠是中了魔法的王子，我就放牠回去了。」

「你難道沒有提出任何願望？」

「沒有啊，要向牠要求什麼呢？」

「天啊！一直住在這種小茅屋，令人受不了。快到比目魚那跟牠說，我們要一棟小木屋，快、快、快。」

漁夫雖然不想去，但是又不想違背妻子的意思。到了海邊一看，只見海水的顏色已經變成黃綠色，不再清澈。

漁夫站住腳，大聲的說：「比目魚啊！海中的比目魚啊！我的妻子尤塞比，她不肯聽我的勸告。」

沒想到，比目魚馬上游過來問道：「你的妻子想要什麼呢？」

「唉！我老婆說，她想要一棟小木屋。」

「你回去看看吧，你的妻子已經擁有了一棟小木屋了。」

漁夫回到家一看，小茅屋果然變成小木屋，妻子看到他回家，抓住他的手說：「嘿，進去看看吧，這房子比以前好太多了。」

老公說：「嗯！假如一直保持現狀，不要改變，我們就能心滿意足的過日子。」

「讓我再想想吧。」妻子這麼說

然後，兩人一起吃過晚飯，就上床睡覺了。

兩個星期後，妻子開始對小木屋表示不滿意。

她說：「我們的房子太窄了，庭院也太小，相信比目魚可以給我們一棟更大的房子。我想住在宏偉的城堡裡面！」

「欸、欸、欸！這房子已經很好啦。」

「你說什麼？快點去、快點去。」

「不好吧。比目魚已經送給我們一棟木屋了，我不想再去麻煩牠了，牠心中會不高興的。」

「去嘛！比目魚辦得到的，快點去啦，快快快，去去去。」

漁夫心情沉重，當他來到海邊時，海水已經混濁，雜著紫色、綠色和灰色，但還是很平靜。

漁夫站住，對大海說：「比目魚啊！海中的比目魚啊！我的妻子尤塞比，她不肯聽我的勸告。」

「這次，你的妻子又希望得到什麼呢？」

漁夫有點傷心的說：「哎呀！她想要住在大城堡裡。」

「回去看看吧！你的妻子已經站在一座大城堡門口了。」

於是，漁夫走到家的前方，看見一座很大的城堡。妻子看見他回來，抓住他的手說：「嘿，我們一起進去吧！你瞧，這不是很好嗎？」

「嗯！假如能保持現狀，住在這麼美麗的城堡，我們應該滿足了。」

妻子說：「讓我再想想吧！現在，我們先去睡覺。」

第二天早上，天剛亮，妻子先睜開眼睛，望著窗外一大片遼闊的土地。她用手肘碰碰丈夫的腰部，說：「欸，你快起來，到窗口看看，我們是不是變成這個地方的國王了？快到比目魚那，說我們想要當一當國王！」

「唉！太太，我根本不想當國王。」

「那如果你不想當國王，那我就自己當女王。」

「太太，我不願意去說這樣的事情。」

「為什麼？馬上去，我非當女王不可，非要不可。」

漁夫垂頭喪氣的來到海邊，海水已經變成深灰色，不斷掀起大浪，而且發出一股臭味。

漁夫站在海邊，大聲說：「比目魚啊！海中的比目魚啊！我的妻子尤塞比，她不肯聽我的勸告。」

「這次，你的妻子還要些什麼呢？」

「唉，她現在想要當女王。」

「回去看看吧！你的妻子已經變成女王了。」

漁夫回到城堡，原來的城堡已經變成一座宮殿，並且有一座裝飾很漂亮的高塔。

漁夫對妻子說：「太太，你能當上女王真的是太好了，以後不要再有別的願望了。」

「不，你不要管！」妻子很激動的說：「我現在無聊得不得了，幾乎無法忍受，你快到比目魚那，我現在可想要當教皇了。」

「不！太太，這樣的事我再也不願意向比目魚請求。你的願望太大了，那不會如願的。」

「不要再說傻話了，你馬上去！如今我是女王，你只不過是我丈夫，膽敢違背我的命令嗎？」

漁夫走出宮殿，心裡非常害怕，全身都在發抖。

來到海邊，狂風怒吼，烏雲密布，一下子變得天昏地暗，四周的樹葉飛揚著，海水像煮滾了般沸騰，掀起很高的浪濤，衝擊著海岸。天空布滿了恐怖的紅色，好像有一場大雷雨將要來臨似的。

漁夫走近海邊顫抖著說：「比目魚啊，海中的比目魚啊！我的妻子尤塞比，她不肯聽我的勸告。」

「你的妻子究竟想要什麼呢？」

「唉，這次她想要當教皇。」

「回去看看吧！你的妻子已經變成教皇了。」

漁夫回到家一看，只看妻子披著金光閃閃的披風，坐在比之前更高的寶座上，頭上戴著三層的大金冠。

漁夫仔細端詳著妻子，然後說：「太太，你已經如願以償，當了教皇了嗎？」

「是的，我是教皇了！」

「太太，你當了教皇，真是不得了！你應該滿足了。」

「嗯，讓我再想想吧。」

於是，兩人便上床睡覺了。漁夫因為白天走了很多的路，非常疲憊，睡得很熟，妻子卻無法入眠，她的慾望是無止境的，而且越來越貪婪，所以呢一點兒都睡不著。

她在床上翻來覆去，不斷的想，還有什麼比當教皇更好的。她想了一夜，仍然沒有結果。突然，她用手肘碰了碰丈夫的肋骨說：

「欸，天亮到比目魚那說我想要當神。」

睡眼惺忪的丈夫，聽了這句話，嚇得從床上滾下來，邊揉揉眼睛問妻子：「你剛說什麼？」

「如果我不能使太陽跟月亮上升，我會受不了的，我一刻也無法安寧。你立刻去辦，我要像神一樣，我不管。」

於是，漁夫慌慌張張的穿上長褲，發瘋似的跑了出去。外面已經刮起強烈的颱風，他站不住，房屋跟樹木都被吹倒了，山也震動起來，岩石紛紛滾落海中。

天空黑漆漆的，電光閃閃，雷聲隆隆，海面掀起像山一樣高的黑色巨浪，彷彿世界末日即將來臨。

漁夫張嘴大叫，但是已經聽不見自己的聲音。

「比目魚啊！海中的比目魚啊！我的妻子尤塞比，她不肯聽我的勸告。」

「你的妻子到底還要什麼願望？」

「唉，我的妻子想要當萬能的神。」

「回去看看吧！你的妻子已經坐在以前的那間小茅屋前面了。」

就這樣，漁夫和他的妻子，到今天還坐在那邊。

老實的費南度和陰險的費南度

從前，有一對夫妻非常窮困，孩子快滿月時，都沒找到人願意當孩子的命名教父。

於是，丈夫來到隔壁的村莊，碰到一位貧窮的人，那個人問他要去哪裡。

窮人聽了就說：「喔，你窮，我也窮。我們半斤八兩，我來當孩子的命名教父吧！不過，我沒有東西送給孩子。你現在回家，叫太太把孩子帶到教堂來吧。」

窮人為孩子取名為「老實的費南度」。

然後，他將一把鑰匙交給孩子的母親，對她說：「請好好保管這鑰匙，直到孩子十四歲時，才讓孩子到草原上的城堡，用這把鑰匙打開城門，城堡內的所有東西都是屬於孩子的。」

孩子七歲時，鄰家的小孩都拿教父送的禮物來炫耀，只有費南度沒有任何禮物，他哭著回家問父親。費南度才知道原來他有一把鑰匙，可以打開城門。可是，他沒有在草原上發現城堡，也沒有聽說過有這麼一座城堡。

又過了七年，費南度已經十四歲。來到草原，這時他果然發現城堡，打開城門後，卻只找到一匹白馬而已。雖然如此，費南度還是感到非常高興。

他騎著白馬回家，對父親說：「我已經有了一匹白馬，現在我想要到各地去旅行。」

當他出了門走在路上

時，發現有一枝鵝毛筆掉在地上。起初他想撿起來，可是一轉念又想，覺得這樣不好，就打消主意繼續往前走。一會兒，聽到後面有人叫著：「老實的費南度，把筆帶走吧！」回頭一看，沒半個人影，便轉身撿起那枝筆。

又走了一會兒，來到河邊。發現那躺著一條魚，很痛苦的張著嘴呼吸。

他說：「魚兒、魚兒！我來送你回家吧。」說著，他就抓起魚的尾巴，把牠放回河裡。

小魚兒從河中伸出頭來對他說：「謝謝你送我回到水裡。我送給你一支笛子，只要吹吹笛子，我就會幫助你。萬一有什麼東西掉到河裡，也可以吹吹笛子，我會替你撈起來的。」老實的費南度表示謝意後，又繼續上路。

不久，迎面走來一個男人，問他叫什麼、要往哪裡去。聽了費南度的回答後，男人說：「真巧！我們的名字差不多，我叫『陰險的費南度』，也到鄰村去。」

陰險的費南度說完，兩人就結伴同行。於是，他們到了鄰村的餐館。餐館裡有位漂亮的女服務員，對老實的費南度很有好感，問他要去哪裡。

老實的費南度回答：「我要到處旅行。」

女服務員說：「你就留在這裡吧！國王想雇用一個僕人，和一個騎馬開路的人，你可以去試試看！」

老實的費南度說：「我不願意低頭向人要求工作。」

女服務員就說：「這樣吧！我去替你說說看。」

女服務員跑去求見國王，說她認識一位非常英俊能幹的少年。

國王很高興，要她快點帶少年進宮來服侍他。

但是，老實的費南度不願意和心愛的白馬分開，他自願當騎馬開路的人。

陰險的費南度知道後，要女服務員也為他找工作。女服務員知道他心地不好，不敢得罪他，只好幫他找僕人的工作。

有一天，陰險的費南度聽到國王感慨的說：「我一心一意喜歡一個女孩，如果她能在我身邊，該有多好啊！」

陰險的費南度很嫉妒老實的費南度，就對國王說：「你不是雇用了一個騎馬開路的人嗎？聽說他很能幹，可以叫他去帶回你心愛的公主，如果他辦不到，就把他的頭砍掉算了。」

老實的費南度聽到國王的命令後，走到馬房，傷心的哭了起來。

突然，聽見有人在後面叫說：「老實的費南度，你為什麼哭呢？」

回頭一看，沒有看到人，又難過的哭了起來：「可愛的小白，我要和你分別了，我會被處死的。」他又聽到幾次那個聲音，最後老實的費南度終於知道，原來是他自己的白馬在說話。

「小白，你會說話呀！我必須為國王帶回一個新娘，你知不知道我應該怎麼做呢？」

白馬回答：「你去告訴國王，他喜歡的人在孤島上。請他準備兩艘船，一艘裝滿肉，一艘裝滿麵包。因為海上有巨人，給他們肉吃，才不會被抓走；還有許多巨鳥，不帶麵包去，牠們會啄掉你的眼睛。」

老實的費南度照著白馬的話稟告國王。

國王馬上下令，全國的肉店殺牛，麵包店烤麵包。

等肉和麵包各裝滿一艘船時，白馬又對老實的費南度說：「如果巨人出現了，就對他們說：『安靜點！我為你們帶來了很好的禮物。』

如果巨鳥出現了，就對牠們說：『安靜點！鳥兒們，我帶來好東西要送給你們。』

只要這樣，就不會受到傷害。

然後，你帶著兩三個巨人走進城堡，這時公主躺在王宮裡睡覺，不要吵醒她，吩咐巨人們連床一起搬上船，就大功告成了。」

白馬的話果然應驗。

國王非常高興。

但是，公主卻哭喪著臉對國王說，她的書全都留在城堡裡，如果沒有那些書，她就無法活下去。

在陰險的費南度慫恿下，老實的費南度又被國王叫去，國王威脅他再回到城堡裡帶回那些書，否則就要他的命。白馬教他照著上次的方法就行了。

老實的費南度順利的把書帶回船上時，一不小心，鵝毛筆掉落海裡。於是，他把笛子拿出來吹，小魚叼著筆，游過來浮出水面交給他。

當他把書送到國王那裡以後，公主才答應和國王結婚。

原來這位國王是個塌鼻子，心眼又壞，公主並不喜歡他。舉行婚禮這天，公主當眾宣布：「我會一種奇術，頭被砍下的人，我有辦法讓他復原，不知道有沒有人願意試試看？」沒有任何人回答。

結果，老實的費南度又被陰險的費南度陷害，不得不當試驗品。

他的頭被砍下後，公主立刻黏上去，黏得很好，在場的人都嘖嘖稱奇

國王很驚奇的問公主：「你從哪裡學到這種奇術？」

公主回答說：「這是我最拿手的一招，你要不要試試看啊？」

國王說：「好啊！」

於是，公主砍下國王的頭，然後要把它黏好，卻怎麼樣都黏不上去。

國王駕崩後，公主就和老實的費南度舉行婚禮。至於陰險的費南度費盡心機，還是一無所有。

金鵝

從前有一個男人，他有三個兒子，最小的兒子被認為是傻子，大家都瞧不起他，什麼好事都沒有他的份。

有一天，老大要去森林砍柴，母親為他準備很好的蛋糕和一瓶葡萄酒。當老大進入森林時，遇到一個頭髮半白的小矮人，小矮人向他打招呼，說：「我好餓、好渴。給我一片蛋糕及一口葡萄酒，

好不好啊！」

聰明的老大就說：「給你吃了，那我自己吃什麼啊？滾開啦！」

他不理會小矮人，自己走開了。

老大開始砍樹，砍沒多久，就把自己的手砍傷了。其實啊，這是小矮人暗中作怪的結果。

接著，老二到森林去，遇到小矮人，也和老大一樣，非常吝嗇，當他開始砍樹的時候，就把自己的腳砍傷了。

最後，小兒子也請求父親，讓他到森林去砍柴，禁不起他的苦苦哀求，父親只好說：「唉，要去就去吧！嘗嘗苦頭，也許你會變得聰明些。」

母親為傻子準備的食物，都是沾水且放在灰上烤成的餅，還有酸掉的葡萄酒。

傻子走到森林裡，遇到頭髮斑白的小矮人。小矮人向傻子打招呼，一直說：「我肚子又餓又渴，請留一點吃的和喝的給我吧！」

傻子說：「如果你不嫌棄我的食物，就一起吃吧！」

於是，兩個人就坐下來，傻子把食物拿出來時，卻變成了美味的蛋糕，和上等的葡萄酒。

吃完東西後，小矮人告訴傻子說：「你這樣善良、慷慨的把好東西都分給我，我要給你幸運。把那棵老樹砍下，在根部中間，你就可以發現好東西喔。」

說完後，小矮人就離開了。

傻子在老樹中，發現一隻金鵝蹲在那裡。他抱著金鵝，來到一家旅館投宿。旅館的主人有三個女兒，他們趁傻子外出時，想要拔下金鵝上的金羽毛，卻被黏住，不能動彈了。

三個人只好在金鵝的旁邊過夜。

第二天早上，傻子抱起金鵝就走了，不管黏在後面的三姊妹。

三姊妹跟在傻子後面，搖搖晃晃的走著，走到田裡時，有一位牧師看到這四個人的隊伍，覺得很奇怪，對三姊妹說：「欸，你們不覺得害羞嗎？為什麼要跟著一個大男人，這樣在田裡走來走去的！哎呀，真不像女孩子。」

說完，他就伸出手，想把女孩拉開。可是，那牧師的手剛剛碰到女孩，就被黏住了。

接著，又遇到看守教堂的人及兩個農夫，就這樣傻子後面黏了七個人。

最後，他們來到一個城裡，有一位嚴肅的公主，從來沒有笑過。國王於是發布公告，只要能使公主發笑的人，就可以娶她為妻。

傻子就帶著七個黏在一起的人，去見公主。公主看到七個人走路的樣子，不禁大笑起來，幾乎沒有辦法停止。

可是啊，國王看不起傻子，故意刁難他說：「嘿，你一副傻里傻氣的樣子，就憑你也想娶我的漂亮女兒，你必須找到一個能將地窖的酒全部喝光的人，我，我才把公主嫁給你。」

傻子心想，這個難題，大概只有小矮人能夠解決了。

傻子朝著森林走去，在上一次遇到小矮人的地方，

看到一個愁眉苦臉的男人。

這個男人告訴傻子：「唉唷！我跟你說，我已經喝了三箱的葡萄酒了，哎呀可是怎麼辦啊，我還是好渴、好渴呀。」

傻子心想：「這下太好了，如果把他帶到國王的地窖裡，他一定會把所有的酒都喝光。」

果然，當傻子把這位口渴的男人帶回國王的地窖時，男人一下子就把整個地窖的酒，全部喝光了！

傻子又來要求和公主結婚，國王當然非常不高興。這一次國王說：「嘿，算你走運！這一次呢，我再出一個題目給你。這樣吧，帶一個人來，那個人需要有辦法吃掉像山那麼大的麵包才行。」

傻子沒有多想，就走到森林，看到一個男人靜靜的坐著。男人說：「哎呀，救命啊！我的肚子快餓死了。你看看，你看看我！已經瘦得像一支竹竿一樣了！我還在我的肚子綁一條皮帶，因為它一直叫、一直叫！」

傻子心想，他既然這麼餓，如果把他帶回皇宮，他一定什麼都會吃光光。果然，當傻子將肚子餓的男人帶回皇宮時，他就把山一樣大的麵包，一下子吃個精光。

傻子第三次向國王要求娶公主，國王還是想逃避，便說：「你帶一艘能在海裡游，也能在陸地上走動的船來，我立刻將公主嫁給你。」

傻子垂頭喪氣的走進森林裡，心想：「哎呀，這次真的沒有希望了！」但是，當傻子一轉頭，竟然就發現小矮人在他眼前。小矮人對他說：「你真的是一個心地善良的人，請我大吃大喝，又不求回報，無論什麼樣的難題，我都願意幫助你。」

小矮人送他一條能在陸地上走，同時也能在海面上行走的船。

國王看到船後，不得不把公主嫁給傻子。

後來，傻子繼承王位，和王后過著快樂的生活。

吉美列山

古時候有兩個兄弟，哥哥非常有錢，弟弟窮得要時常借錢。有錢的哥哥十分吝嗇，從來不幫貧窮的弟弟。貧窮的弟弟靠販賣穀物維持生活，生意不好的時候，連買麵包的錢都拿不出來。

有一天，弟弟拉著貨車走進森林，森林裡有一座草木不生的禿山。他因為從未看過這樣的山，有點好奇，便停下車來觀看仔細。

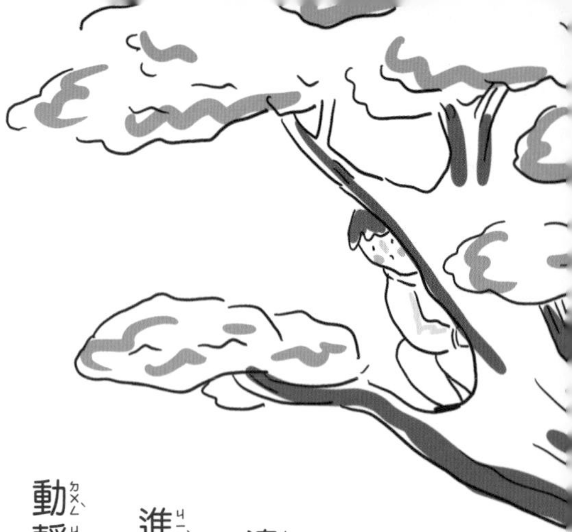

一會兒，有十二個粗野的巨人向著禿山這邊走過來。弟弟以為他們是盜賊，趕緊把貨車推進樹叢中，然後爬上樹，躲在樹中間偷看下面的動靜。十二個巨人走到禿山面前，嚷著：「卓姆吉山、卓姆吉山，開門吧！」轉眼間，禿山從中間裂開，十二個巨人相繼走進去。隨後，山就合了起來。

過沒多久，山又裂開了，巨人們各背著一個沉重的袋子，陸續出來後，對著禿山再叫道：「卓姆吉山、卓姆吉山，關門吧！」山隨即合了起來，看不到曾經裂開的痕跡。

等到巨人們走到看不見蹤影時，貧窮的弟弟才從樹上跳下，想看看禿山裡有什麼祕密，就學巨人的樣子，走到山的前面，說：「卓姆吉山、卓姆吉山，開門吧！」瞬間，山和剛才一樣，從中間裂開。

他壯著膽子，慢慢的走了進去，看見裡面堆滿金子和銀子，繼續往前走，發現閃閃發亮的珍珠和寶石，堆得像穀物那麼高。貧窮的弟弟看得眼花撩亂，卻不敢去動它們，但最後還是忍不住，在口袋裡裝滿了金子才出來。走到外面時，照樣回過頭說：「卓姆吉山、卓姆吉山，關門吧！」禿山馬上合起來，他就拉著貨車回家了。

貧窮的弟弟不必再為三餐發愁。他除了為太太和兒子準備豐盛的食物，也時常送錢給窮人，並且幫助遇到困難的人。金子用完後，就到有錢的哥哥家借量斗，到禿山去裝金子。這次他仍然沒有帶走半顆寶石。

第三次進禿山拿金子時，他又向哥哥借量斗。哥哥看見弟弟變得很富裕，覺得很奇怪。為了想要調查弟弟哪裡來那麼多錢，借量斗要幹什麼，便想出一個計策——在量斗的底部塗上一層黏膠。

又一次，弟弟將量斗拿回來還的時候，哥哥發現量斗底部黏了些碎金子，便追問弟弟借量斗去量什麼。「量大麥和小麥啊！」弟弟這樣回答他。

這時，哥哥從量斗底部拿起碎金子給弟弟看，威脅弟弟若不說實話，就要把他送交官府。弟弟沒有辦法，只得從頭到尾說給哥哥聽嘍。

有錢的哥哥聽了，立刻駕著馬車出發。他打算把禿山裡面的寶物都搬了回來。到了禿山前面，對著山大聲喊道：「卓姆吉山、卓姆吉山，開門吧！」山一裂開，他就大步大步走進去。

裡面的金銀財寶堆得像小山一樣高，哥哥看得頭暈目眩，不知道要先拿什麼好勒。最後，索性決定通通搬上車。在打包的時候，滿腦子裡想的都是財寶，把山的名字忘記了。「吉美列山、吉美列山，開門吧！」打包完畢後，他大聲叫著。

由於名字叫錯，山動也不動。哥哥被關在裡面，急得像熱鍋上的螞蟻，亂喊亂叫。這時候，再多的財寶，也救不了他嘍。

到了黃昏，山開了，十二個盜賊走了進來。他們一看到有錢的哥哥，就哈哈大笑說：「終於逮到了！這傢伙來過兩次，都順利逃了出去。第三次逃不出去是老天爺的安排。我們不能放過他呀！」

「來過兩次的不是我，是我弟弟！是我弟弟！」有錢的哥哥極力澄清，並下跪求饒。

可是，任他怎麼喊、怎麼叫，盜賊們都不放他出去。

森林中的三個小矮人

很久以前，有一個男人，他的太太去世了。另外呢，有一個女人，她的丈夫也去世了。他們各有一個女兒。

有一天，女人向男人的女兒說：「來，我跟你說啊！你回去告訴你爸爸，我很想做他的新娘。這樣我就讓你每天用牛奶洗臉，每天喝葡萄酒，好不好啊！」

女孩把女人說的話告訴爸爸後，男人說：「哎呀，怎麼辦呢？娶個新娘雖然不錯，但是啊，也會有麻煩。」

他始終下不了決心，最後就脫下鞋子說：「你拿這個破洞的鞋子到閣樓，掛在大鐵釘上，灌水進去。若是水不漏出來的話，那我就再娶，如果會漏水的話，我這輩子啊都不打算再娶了。」

結果，因為裝水，皮革發脹，洞反而縮小了，鞋子裡裝滿了水。女兒把結果告訴父親，男人上去一看，果然像女兒所說的一樣。不久，男人就到寡婦那裡去求婚。

結婚後的第一天早上，女人準備牛奶，給男人的女兒洗臉，並讓她喝葡萄酒，用水給自己的女兒洗臉，只給她喝白開水。

第二天早上，女人讓兩個女孩都用水洗臉，並且都喝白開水。

但是，到了第三天早上，女人就變了，反而讓自己的女兒用牛奶洗臉、喝葡萄酒，而只讓男人的女兒用水洗臉，喝白開水。從此以後，就沒有再改變了。

寒冷的冬天來臨，後母做好一件紙衣，把丈夫的女兒叫到面前說：「我很想吃草莓，你穿上這件衣服，到森林裡去，摘滿一籃草莓回來。」

女孩說：「哎呀，媽媽，冬天是不長草莓的呀，地面都結冰了，一切都被雪蓋住了嘛。」

後母說：「你還想頂嘴嗎？趕快去，如果你沒有採滿一籃草莓，就永遠不要回到家裡來見我。」

然後，遞給她一塊硬麵包說：「這個呀，就足夠你吃一天啦！」

後母心裡想，只要她一出去，就會凍死或餓死，再也不會回來了。

女孩走進森林，發現一間小巧玲瓏的屋子，裡面有三個小矮人。小矮人請女孩進門後，就坐在火爐邊溫暖身子，然後拿出

麵包來吃。

小矮人說：「分一點給我們吧！」

女孩說：「嗯！好的。」

小矮人問她：「冬天裡，你穿那麼薄的衣服要在森林裡做什麼啊？」

女孩說：「我是出來找草莓的，如果沒有摘滿整籃我就不能回家。」

女孩吃完麵包後，小矮人就交給她一把掃帚，說：「請你幫我們把屋後的積雪清掃一下，好嗎？」

之後，三個小矮人在屋裡商量起來：「唉呀，這個女孩子很乖巧，心地很好，我們應該送她什麼呢？」

第一個小矮人說：「想到了！我要使她一天比一天漂亮。」

第二個小矮人說：「我要讓她每說一句話，嘴裡就掉出一塊金幣。」

第三個小矮人說：「我要使國王來向她求婚，讓她當王后。」

而女孩在清除屋後的積雪時，幸運的發現許多成熟的草莓，她喜出望外的提著滿滿的一籃草莓回到家裡。

推開門後，開心的說：「我回來嘍。」嘴裡立刻掉出一個金幣。

接著，每說一句話，嘴裡就掉出一塊金幣。不久，屋裡竟然堆滿了金幣。

儘管如此，後母依然想盡辦法要虐待她。

有一天，後母要女孩帶著斧頭到結冰的河上鑿一個洞，把麻紗洗一洗。當女孩前往河邊時，天氣寒冷得讓她的腳趾頭失去了知覺，她的雙手也不停的顫抖。

但是她還是努力的敲打著冰塊。這時，來了一輛華麗的馬車，坐在車裡的國王問她：「你是誰呢？你在這裡想做什麼？」

女孩抬起頭說：「我是窮人家的女兒，正在這裡洗麻紗。」

國王聽了，覺得很奇怪，這麼冷的天氣，怎麼會有人在結冰的河上洗麻紗呀？於是，國王請女孩把故事娓娓道來。國王聽了之後，覺得女孩非常可憐，又看到她長得那麼漂亮，心地也非常善良，就問她：「你願意做我的妻子，跟我走嗎？」

於是，女孩上了馬車，和國王一同出發。到達王宮後，馬上舉行盛大的婚禮。小矮人送給女孩的禮物完全實現了。

生命之水

古時候，有一個國王得了重病，所有的大臣都認為國王的病沒有好轉的希望。

國王有三位王子，看見父王日漸消瘦，心裡很難過，跑到外面偷偷哭泣。

這時候，有一位上了年紀的人走過來問他們：「什麼事這麼

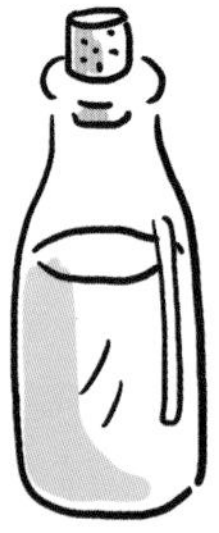

傷心啊？」

王子們說：「父王病得很重，我們沒有辦法救他，能不傷心嗎？」

老人說：「我知道有一種叫做生命之水的藥，可以醫好國王的病，可是那種水不容易找到。」

大王子說：「再難找，我都要找到它。」

國王原來不允許大王子出去尋找生命之水。但拗不過大王子的苦苦哀求，最後只好答應了。

大王子心裡想：「如果我找到生命之水回來，父王一定最喜歡我，我就可以繼承王位了。」

大王子騎馬離開王宮，遇到一個小矮人，在田路的中央叫住他，說：「瞧你這麼急，要到什麼地方去？」

大王子驕傲的回答：「不甘你這小矮人的事。」接著，又繼續往前走。

不久，大王子走進一個險峻的山谷，山谷越來越窄，最後窄到一步也進不去，馬又不能掉頭，簡直像被關在牢裡。

臥病在床的國王等了很久，不見大王子回來，急得不得了。

二王子就對國王說：「父王，請讓我出去尋找生命之水，好嗎？」

他心裡想：「如果哥哥死掉，這個國家就是我的了。」

二王子和大王子走同一條路，也遇到了小矮人，同樣走進險峻的山谷，進退不得。

二王子沒有回來，小王子也說要去尋找生命之水。走到半途時，遇到小矮人。小矮人問他：「這麼急要去哪裡？」

他就停下來說：「我要去找生命之水，因為我父親病得很重，快死了。」

小矮人問：「要到哪裡才能找到生命之水，你知道嗎？」

「我不知道。」小王子說。

「你很有禮貌，我要教你怎樣才能取到生命之水。生命之水是從一座被詛咒的城堡湧出來的水，到了城堡外面，你要用鐵鞭敲打三下城堡的鐵門，門會打開。裡面有兩頭獅子，張著大嘴在睡覺，你各留一塊麵包給牠們，牠們就會安靜下來。你想取生命之水必須趕在十二點鐘以前，過了十二點鐘，城門會再關起來，你就會被困在裡面了。」小矮人說完後，就給他麵包和鐵鞭。

小王子接過這兩樣東西，再三道謝後才離開。

剛到城堡時，一切都如小矮人所說的，他馴服了獅子後，就直接走進城堡的大廳，裡面坐著兩個中了魔法的不知是什麼國家的王子。小王子走過去，摘下他們手上的戒指，把旁邊的一把刀和一片麵包也順便撿了起來；再又走進另一個房間，看到了一個美麗的少女站在裡面。

少女很高興的跑向小王子說：「你已經救了我，一年後希望你再來，我要把我的王國送給你，然後我們就舉行婚禮。」

原來，少女是一位被魔法詛咒的公主。接著，公主又告訴他生命之水所在的地方，並說：「快點去吧，過了十二點就取不到了！」

小王子跑到泉水邊時，已經快十二點了。他用杯子盛滿水，然後快步跑出城門。

小王子取得生命之水，在回家的途中又遇到小矮人。小矮人看到他手裡拿著刀和麵包說：「哇，你得到珍貴的東西了。有了這把刀，再勇猛的人都打不過你，這塊麵包呢，任你怎麼吃也吃不完呢！」

小王子想找兩位哥哥一起回去。

小矮人說：「他們太驕傲了，現在各被兩座山夾住。像那樣的人，非給一點苦頭吃不可。」小王子求小矮人饒恕他們。

「好吧，不過你要小心啊，他們對你不懷好意。」小矮人說完話就不見了。

一會兒，大王子和二王子走出來，小王子高興的對他們說：「我已經取到生命之水了，也救了一位美麗的公主。」

兩個哥哥沒有說什麼，三兄弟就一直騎馬往前走。途中經過一個因長年戰爭正在鬧饑荒的國家，小王子把吃不完的麵包借給國王，讓全國的老百姓大家都能吃飽，國王還用那把刀打退敵軍，恢復過去的和平生活。小王子向國王要回刀和麵包，又和哥哥騎馬前進。後來，他們經過另外兩個因戰爭很痛苦不堪的國家，小王子把刀和麵包借給兩位國王。就這樣，他救了三個國家。

然後，三位王子一起乘船過海。船在海上航行時，兩位哥哥暗中商量，打算把弟弟害死。有一天，趁著弟弟熟睡時，悄悄的把生命之水倒在自己的杯子裡，再拿弟弟的杯子盛滿海水放著。

回到王宮，小王子捧著盛滿海水的杯子，來到國王的床前說：「父王，喝下這杯生命之水就能恢復健康。」國王接過手一口喝下。不久，病情變得比以前更壞。

小王子看了非常難過，大王子和二王子竟還說：「父王，弟弟想害死你。我們帶來的，才是真正的生命之水。」說完就把生

命之水捧到國王面前，國王喝下後，病情立刻好轉，很快就痊癒了，身體又像以前那樣強壯。

國王真以為小王子想害死他，召集部下來商量要在暗地裡用槍射死他。

有一天，不知情的小王子出去打獵，國王的獵人也跟著去。進入森林後，獵人面帶愁容、雙眉緊皺。獵人說：「國王命令我開槍打死你，你說我該怎麼辦？」

小王子嚇了一跳說：「請你救救我，放我一條生路。」

獵人說：「好啊，反正我也不忍心向你開槍。」

經過不久，有人送來裝滿三輛馬車的金銀財寶求見國王，他們是要報答小王子救了他們的國家及老百姓。

這時候，國王想：「那孩子或許是無辜的。」

他很懊悔，知道小王子沒有死後如釋重負，馬上叫人貼出布告說：「國王歡迎小王子回來。」

同一時候，被除去魔法的公主叫人在城堡前用金子鋪了一條閃亮的道路，並對部下說：「如果有人騎馬走這條路進城，就讓他進來，因為他就是我在等待的人；如果從道路兩旁進來的，不可以讓他進來。」

到了滿一年的那一天，小王子離開森林，暫時忘掉傷心的往事，朝著公主的城堡前進。由於他一心只想要趕快到達公主的身邊，所以沒有注意路上鋪滿了金子，而騎馬踩過去。來到城門前面時，門立刻打開了。公主滿臉笑容的站在那裡迎接他，然後他們就舉行婚禮。婚禮完畢，公主對小王子說：「你父王已經原諒你了，希望你回到他身邊。」

於是，小王子暫時告別新婚的妻子，騎馬趕回去。他對老國王說：「哥哥們害了我，但我不敢說。」

國王想懲罰他們，可是兩個人已經逃到別的地方去，再也沒有回來了。

灰姑娘

從前，有一個富有的人，他太太病得很嚴重。臨死之前，她把自己的獨生女叫到床前，對她說：「你要永遠相信神，心地要誠實善良。那麼神就會經常保佑你，給你幫助。我也會時時在天上看你，陪伴著你。」

說完，母親就閉上眼睛，去世了。

過了一年，有錢人娶了第二任妻子。後母帶著兩個女兒來。這兩個女兒，皮膚都很白皙，但是心地很壞。可憐的前妻獨生女，便開始過著痛苦的日子。

後母的女兒說：「那麼笨的女孩，怎麼能讓她住在屋子裡呢？把她趕出去吧！」

後母的女兒讓她穿上灰色的舊罩衣，以及又笨又重的木鞋。

「看看這個神氣活現的女孩，她打扮得真滑稽啊！」姊妹倆大聲取笑前妻的女兒，然後就要她到廚房去工作。

每天一早，太陽還沒出來，她就得起床，到井邊打水，挑回家裡；接著要生火、煮飯、做菜，又要洗衣服、刷地板。

同時，後母的女兒還想盡辦法來作弄她，並且惡毒的罵她。到了夜晚，她已經非常疲倦了，卻不能上床睡覺，只能睡在爐灶邊的灰燼裡，所以經常弄得全身是灰，大家就戲稱她為「灰姑娘」。

有一次，父親要到外地去買年貨，他詢問後母兩個女兒，希望他帶什麼禮物回來。

其中一個說：「我要很漂亮的衣服。」

另一個說：「喔，我要珍珠跟寶石。」

父親問灰姑娘：「你想要什麼呢？」

灰姑娘說：「爸爸，回程時，請你把第一根碰到帽子的樹枝，帶回來給我吧。」

在回家的路上，父親騎著馬，經過一座茂盛的樹林時，帽子突然被榛樹的樹枝碰掉了。於是，他便折下那根樹枝帶回家去。

到了家裡，父親把那根榛樹的樹枝給了灰姑娘。灰姑娘向父親道謝以後，就在母親的墳墓前，插下榛樹的樹枝，在那裡失聲痛哭。她的眼淚掉下來，溼潤了樹枝，細小的樹枝突然長大了起來，變成一棵大樹。

灰姑娘每天一定要到樹下三次，一面哭泣，一面禱告，每一次都有一隻小鳥飛來，停在樹上聽灰姑娘禱告。很神奇的是，灰姑娘在禱告中所要求的東西，小鳥都會給她。

不久，國王決定舉行連續三天的盛大舞會，邀請全國漂亮的女孩參加，準備讓王子挑選他的新娘。

當後母的女兒聽到，非常高興，就把灰姑娘叫來，吩咐她說：「趕快替我們梳頭髮、擦鞋子，並且把腰帶束緊些，我們要到國王的城堡去參加舞會了。」

灰姑娘照著她們的吩咐做了。由於自己也很想去跳舞，就請求後母讓她一起去。

後母說：「哎呀，灰姑娘！你全身髒兮兮的，既沒有漂亮的衣服，又沒有合適的鞋子，怎麼能夠參加舞會呢？」

但是，灰姑娘還是繼續的懇求，後母終於說：「我把一盤蠶豆撒進灰裡，如果你能在兩小時以內撿起來，就可以去。」

灰姑娘聽了，趕緊由後門跑到院子裡，叫著：「親愛的小白鴿、小雉鳩、天空中的小鳥，通通來幫我撿蠶豆吧！好的請放在盤子裡，壞的就扔到飼料袋裡。」

她剛剛說完，天空中所有的小鳥，都紛紛拍動翅膀，成群的飛到那堆灰的周圍。不到一個小時，就把工作全都做完，飛回天空中去了。

於是，灰姑娘很高興的把整盤蠶豆拿給後母，一心以為自己可以參加舞會了。

可是，後母卻說：「不行，灰姑娘！你既沒有華麗的衣服，更不會跳舞，參加這麼盛大的舞會，你只有被人取笑罷了！」

灰姑娘一聽，傷心的哭了，後母便說：「唉，這樣吧！那如果你在一小時以內，撿起兩盤撒在灰中的蠶豆，那我就帶你一起去。」

這一次，不到半個小時，小鳥們就把工作全部做完了。

灰姑娘又歡天喜地的把兩盤蠶豆交給後母，她想這回一定可以去參加舞會了。

誰知，後母竟然說：「不管你怎麼做都沒有用啦，我絕對不允許你一同去參加舞會，像你這樣穿著破舊的衣裳，又不會跳舞的女孩，只會讓我們丟臉的。」

說著，後母就轉身帶著兩個傲慢的女兒，和她們的父親一起出發了。

家裡只留下灰姑娘一個人，她便跑到母親的墳前說：「可愛的榛樹啊！我真的很想去參加舞會，請你賜給我一件美麗的衣裳好嗎？」

於是，樹枝輕輕的搖動，樹上飛下來了一隻小鳥，將金線和銀線織成的衣服及鞋子，叼給灰姑娘，灰姑娘立刻穿上這些美麗的衣鞋，興奮的趕去參加這場舞會。王子一眼就發現美麗的灰姑娘，便走過來牽著她的手，和她翩翩起舞。

而且，還緊緊拉住灰姑娘的手不放，假使有別的年輕人來邀請灰姑娘共舞，王子就說：「她是我的舞伴！」

就這樣，他們倆一直跳到黃昏。等灰姑娘想回家的時候，王子便說：「我送你回去吧！」因為他很想知道，這位美麗的姑娘住在哪裡，到底是誰的女兒？

然而，灰姑娘卻一言不發，匆匆的從王子身邊跑掉，跳進養鴿子的小屋裡，王子急忙追過去。這時，灰姑娘的父親來了。王子告訴他，剛才那位陌生的女孩跳到鴿子屋裡去了。

父親心裡想：「咦，那會不會是灰姑娘呢？」

父親叫人拿斧頭和鐵鉤來，把鴿子屋劈開。但是，裡面什麼人也沒有。王子只好失望的離開了。

當大家回到家裡時，只見灰姑娘穿著骯髒的衣服，睡在灰堆裡，暗淡的煤油燈在煙囱下亮著。

第二天，舞會又開始了。姊妹倆仍然由後母及父親帶著，興高采烈的去參加。

這一次，小鳥拋下的是比昨天更華麗的衣服，還有同樣的銀鞋。當灰姑娘再次出現在舞會中時，大家都為她的美麗驚歎不已。王子早就在等著灰姑娘來臨，一看見她，就馬上過來牽著她的手，再度翩翩起舞。

到了黃昏，灰姑娘要回家時，王子就跟在灰姑娘後面，但灰姑娘像松鼠一般敏捷的爬到樹上，於是王子還是找不到她。

第三天，舞會照常進行，這一次，小鳥拋下的是一件誰也沒見過、燦爛奪目的衣服，還有一雙金鞋。灰姑娘穿上了嶄新的衣鞋，出現在舞會上，真的像是仙女下凡一般，美得讓人驚訝的說不出話來。

這一次王子事先在臺階塗上一層黏黏的樹脂。所以，當灰姑娘匆忙下樓跑回家時，左腳的鞋子就被黏在臺階上面，留下來了。

王子拾起鞋子一看，不但小巧玲瓏，而且還是純金製成的，非常美麗。

隔天早上，王子拿著金鞋去找灰姑娘的父親，對他說：「你家的女兒，只要有誰能穿合這雙金鞋，我就娶她為妻。」

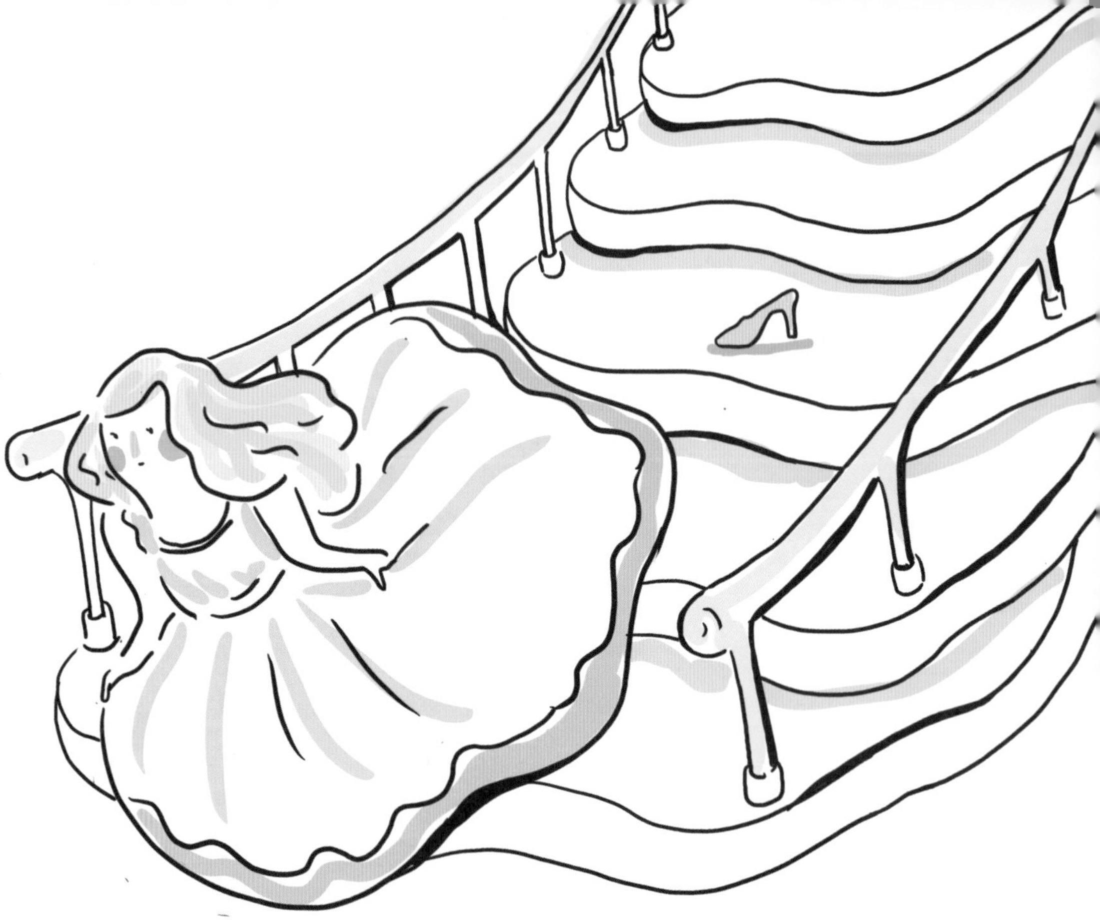

姊妹倆都有一雙漂亮的腳，因此高興得不得了。姊姊的腳雖然不大，但是拇指怎麼也塞不進去，因為鞋子太小。妹妹的腳趾頭雖然可以塞進鞋裡，但是腳後跟卻太大。

王子說：「她們都不是真正的新娘，你們家還有別的女孩嗎？」

父親回答說：「嗯，只有一個前妻生的女兒。不過，她又瘦又小，沒有教養，大家都叫她灰姑娘。她不可能成為你的新娘的。」

王子再度請父親把灰姑娘帶出來，這時後母卻說：「不行不行！她太髒了，不能出來見人的。」

可是，王子堅持要見灰姑娘。

灰姑娘把手和臉洗乾淨後，來到王子面前，向他鞠躬，王子便把金鞋交給她。灰姑娘穿上金鞋，非常的合腳，好像為她訂做的一樣。

王子注視著她的臉，認出她就是這三天來和他一起跳舞的女孩，高興的說：「她才是我真正的新娘！」

後母和兩個女兒都嚇了一大跳，氣得臉色忽青忽白。

王子與灰姑娘舉行婚禮的那一天，後母的兩個女兒也來參加了，還說了許多諂媚的話，想要從灰姑娘那裡分得一點好處。

王子和灰姑娘到教堂去的時候，姊姊跟在右邊，妹妹跟在左邊，結果兩隻小鴿子分別啄掉她們一邊的眼睛。

當王子和灰姑娘再一次從教堂走出來的時候，這次姊姊跟在左邊，妹妹跟在右邊，小鴿子又把她們另一隻眼睛也給啄掉了。

這壞心眼又不誠實的兩姊妹，就這樣成了瞎子，再也看不到這個美麗的世界了。

而善良的灰姑娘呢？從此以後，她就與王子在城堡裡，過著幸福快樂的日子了。

星星的銀幣

有一個小女孩，小時候父母去世後，她就窮得沒有地方住，也沒有床睡覺，到後來只剩下身上穿的衣服和一片麵包，那片麵包還是一個好心人送的。

雖然如此，女孩一直都保持高尚的品德和堅定的信心。她想：「既然世界上沒有人可依靠，就依靠神吧！」

不久，遇見一位衣衫襤褸的男人，那個人對女孩說：「我快餓死了，請分給我一些麵包吧！」女孩就把手上的麵包給他，並說：「願神為你帶來幸福！」然後繼續向前走去。

走了一會兒，一個男孩跑過來向她哭訴著說：「我的頭好冷喔，有保暖的東西送給我嗎？」女孩就摘下頭上的帽子送給男孩。

接著，碰到一個小男童，他冷得直發抖，女孩就把身上的背心脫下來給他穿。後來，又來了個女孩跟她要裙子，她也把裙子送給了那個女孩。

這時候，女孩身上只剩下一件內衣了。天色漸暗，她忍著飢餓寒冷，看著星星，一步一步走進森林。森林有一個孩子，請求女孩給他身上的那件內衣。

善良的女孩心裡想：「天已經黑了，這裡暗得伸手不見五指，脫下內衣也沒人看得見吧。」就把唯一的內衣脫下來給那孩子。

突然間，天空的星星紛紛掉落在空無一物的女孩面前。女孩仔細一看，這不是星星，而是閃亮亮的銀幣。同一時候，她發覺身上穿著一件新的麻布衣裳。於是，她蹲下身撿了許多銀幣放進口袋。

從此以後，女孩的生活就好過多了。

說到做到

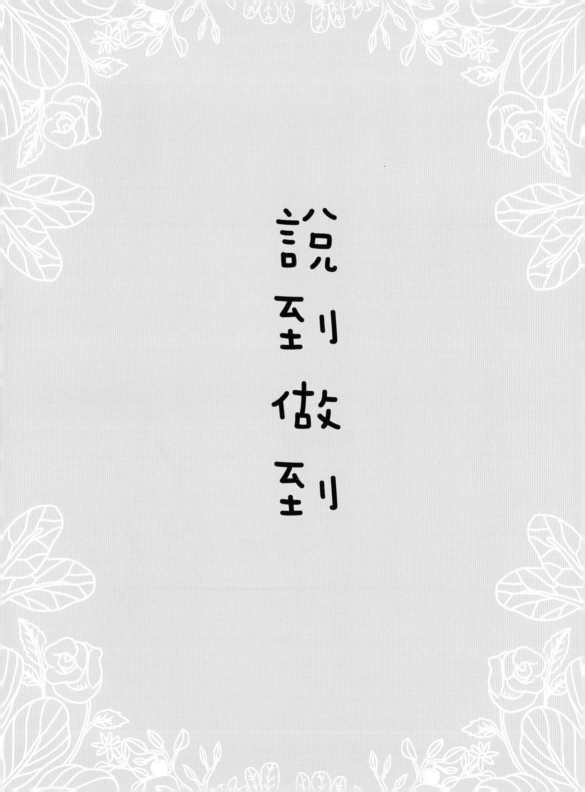

鳥童

從前有一個看守森林的人。有一天，他到森林裡打獵，聽到小孩子的哭聲。他順著哭聲的方向走過去，在一棵很高的大樹上，他看見一個男孩坐在樹上哇哇大哭。

原來，那個孩子的母親抱著孩子在樹下睡覺的時候，不幸被老鷹發現了，老鷹飛下來，用嘴巴將孩子叼到高高的樹上。看守森林

的人很快的爬到樹上，把這個可憐的男孩抱下來。他心裡想：「就讓我把這個孩子帶回家，和我家的小蓮一起撫養長大吧！」

於是，兩個孩子就這樣每天生活在一起，一塊兒長大了。因為男孩曾經被鳥抓到樹上，所以，大家都叫這個男孩為「鳥童」。

鳥童和小蓮非常的要好，只要一會兒沒見面，兩人就會感到很難過。

看守森林的人家裡，有一個年老的廚娘。有一天晚上，老廚娘提著兩個木桶來來回回的到井裡挑水。

小蓮問她：「老廚娘，你挑這麼多水要做什麼呢？」

老廚娘回答：「只要你不說出來，我就告訴你。」

小蓮趕快說：「不會的！我絕對不會告訴任何人的。」

於是，老廚娘就告訴她說：「明天早上，等主人出去打獵以後，我就要燒開水，把鳥童放進鍋子裡面煮來吃。」

第二天早上，看守森林的人很早就起床，到森林裡去打獵了。

小蓮醒過來的時候，她搖醒了酣睡中的鳥童，對他說：「假如你不丟下我，我也不會拋棄你。」

鳥童說：「不管發生什麼事，我也不會丟下你的。」

小蓮說：「要不是我們這麼要好，我就不告訴你了。昨天晚上，老廚娘挑了許多水，她說等今天早上爸爸出去打獵以後，就要把你丟到鍋子裡去煮來吃。我們趕快起來，穿上衣服，我們一起逃走吧！」

於是，兩個人就趕快起床，換好衣服，逃出去了。

當鍋中的水煮沸以後，老廚娘到臥房一看，不只是鳥童，連小蓮也不見了。

老廚娘很不高興，自言自語的說：「不行！我要趕快追出去，把他們追回來。」

這個時候，孩子們已經走到森林的入口，他們看到老廚娘的三個男僕，遠遠的跑過來。

小蓮便對鳥童說：「假如你不丟下我，我也不會拋棄你。」

鳥童說：「不管發生什麼事情，我絕不會丟下你的。」

小蓮說：「那麼你變成薔薇樹，我變成薔薇花開在樹上吧！」

三個男僕來到森林的入口。但是，那裡除了一棵薔薇樹，樹上開著一朵薔薇花之外，什麼也沒有。三個男僕說：「既然如此，我們也沒有辦法了！」

他們只好折回家裡，對老廚娘說：「嗯，那裡除了一棵薔薇樹和樹上開了一朵花之外，什麼也沒有。」

老廚娘罵他們說：「你們這些飯桶！應該去把薔薇樹砍成兩半，把薔薇花摘回來才對。快點去吧！」三個男僕不得不再度出門去找。

不久，孩子們又看見三個男僕。

小蓮便說：「如果你不丟下我，我也不會拋棄你的。」

鳥童說：「不管發生什麼事，我也絕不會丟下你的。」

於是，小蓮說：「那你變成一座教堂，我變成教堂裡的吊燈吧！」

三個男僕來到森林的入口。但是，那兒除了一座教堂和教堂裡的一盞吊燈外，什麼都沒有。三個男僕說：「既然如此，我們也沒有辦法了。」他們回家以後，老廚娘問：「難道你們什麼都沒找到嗎？」

男僕們說：「那兒只有一座教堂，教堂裡只有一盞吊燈。」

老廚娘又破口大罵：「你們這些笨蛋！為什麼不把教堂毀掉，拿吊燈回來呢？」

這一次，老廚娘決定自己去找，便和三個男僕一起出去了。

孩子們老遠看到三個男僕向他們跑過來，後面還跟著老廚娘東倒西歪的走著。

小蓮說：「假如你不丟下我，我也不會拋棄你。」

鳥童說：「不管發生什麼事，我絕不會丟下你的。」

於是，小蓮說：「那你變成池塘，我變成野鴨在池塘裡面游水吧！」

老廚娘趕到森林的入口時，看到一個池塘，便趴下來想要把水喝光。

但是，野鴨很快的游過來，把老廚娘拖到水裡，這個壞心腸的老廚娘就這樣在水裡溺死了。孩子們看到老廚娘溺死了，便安心的手牽著手回家去了。

幸運的女傭

有一個女傭，隨著主人全家大小乘馬車經過一座大森林。馬車來到森林深處時，躲在森林裡的強盜跑了出來，把主人一家都殺死了。女傭趁著強盜們不注意，躲到大樹後面，而逃過了一劫。

過了不久，強盜帶著搶來的東西離開森林，女傭才走出來。

「喔，太殘忍了，以後我該怎麼辦呢？這裡沒有半個人影，我

一定會餓死的。」她一面哭，一面向前走。但是，走了很久，都還在森林裡。

天已經黑了，女傭坐在樹下，她除了聽天由命，沒有其他辦法。突然間，有一隻小白鴿飛到她的面前，把叼在嘴裡的一把小小金鑰匙放在她的手中，說：「瞧！那邊的一棵大樹，樹幹上有一把鎖，你過去用這小鑰匙把它打開，樹洞裡有許多好吃的東西唷。」

女傭照著小白鴿的話去做，果然看到一個盛滿牛奶的小盤子，盤子旁邊還有幾片白麵包呢。

她吃飽後，喃喃自語的說：「家中的雞應該都飛進雞籠裡了吧，我好累喔！如果有張床讓我躺下休息，那該多好啊！」

突然，小白鴿又飛過來了，並且叼著一把金鑰匙，遞給女傭說：「打開在樹幹那邊的鎖，裡面有睡覺的地方。」

女傭跑過去打開鎖，裡面果然有一張柔軟又乾淨的小床。臨睡之前，她向神禱告：「請保護我平安睡到天亮！」

第二天早晨，小白鴿第三次飛來，照樣給女傭一支小鑰匙，對她說：「你去打開那邊樹幹的鎖，會看到一些衣服。」女傭打開一看，裡面的衣服不但鑲有金邊，而且還綴著許多寶石。

於是，她就暫時住在森林裡。小白鴿幾乎天天都送一些日常用品來，因此女傭雖然身處野外，卻過著無憂無慮的生活。

一天，小白鴿飛來停在她身邊，問她說：「有一件事不知道你願不願意幫忙我？」

女傭回答：「願意，我願意！」小白鴿又說：「那麼你就照我的話去做。首先你要走進那間小屋，坐在正中央火爐旁邊的老婆婆看見你進去，會問你話，千萬不要理她，直接從她右邊走過去。那裡有一扇門，你把那扇門打開，會看到裡面的桌子上有許多鑲著閃亮寶石的戒指。但是，你要從中挑一枚什麼都沒有鑲的來給我。還有，盡量爭取時間，一分鐘都不能耽誤。」

女傭依照小白鴿的話進入小屋。屋裡的老婆婆揪住她的上衣，大聲斥喝：「欸，這是我家耶，你怎麼可以不經過我允許就闖了進來呢？」

女傭一聲不響的甩開老婆婆，從她右邊走過去推開了門，進入裡面的房間。桌子上果然有一堆閃閃發亮的戒指，她把那些戒指攤開來看，幾乎每一枚上面都鑲有寶石。她心裡正懊惱著，抬起頭來，看見老婆婆提著一個鳥籠正要走出去，鳥籠裡的鳥叼了一枚沒有鑲寶石的戒指。

女傭趕緊跑去搶那枚戒指。戒指一搶到，她就離開小屋等待白鴿飛來。

可是，一等再等，都沒有看到小白鴿。

經過不久，她感覺身旁樹枝往下垂，並漸漸從左右圍繞過來。低頭一看，樹枝已經變成兩隻人的臂膀。

轉過頭去，身後那棵樹也變成一位美少年。

少年無限深情的說：

「你幫助我擺脫老巫婆的魔

法，使我恢復自由。那個老巫婆把我變成樹後，每天只有兩、三個小時讓我變成鴿子。如果戒指一直在她手上，我就永遠不能恢復人形。」

魔法解除後，少年的僕人和騎士全都恢復原形站在他身邊。原來這位少年是個王子，他和女傭結婚後，便帶她回國，過著快樂幸福的生活。

三個紡紗女

從前有個懶惰的女孩很討厭紡紗的工作，雖然她的母親對她說盡好話，仍然沒有辦法使她紡紗。最後，母親生氣了，忍不住打了她一頓，女孩就放聲大哭。這時，碰巧王后經過門前，聽到女孩的哭聲，就

叫馬車停了下來，走進屋裡，問女孩的母親，「為什麼打到她哭得連路上的行人都聽見了呢？」

女孩的母親不好意思被人知道女孩很懶惰，便告訴王后：「我無法阻止我女兒做紡紗的工作，她想繼續不斷紡紗，可是我太窮了，沒有辦法購買足夠的麻。」

王后說：「我很喜歡聽紡紗的聲音，沒有比紡紗輪嗡嗡響時更快樂了。把你的女兒送到我的城堡裡，在我那有很多麻，你女兒高興紡多少就可以紡多少。」

母親非常感激王后的好意，也不便拒絕，就讓王后把女兒帶走了。

回到城堡後，王后就帶女孩看三個房間，每一個房間，從下到上，堆滿了上等的麻。

王后說：「把這些麻紡成紗，如果全紡完了，我就讓大王子做你的夫婿，不管你家多麼貧窮都沒有關係，因為勤勞就是你最好的嫁妝！」

女孩看見那些堆積如山的麻，嚇呆了。就算她能活到三百歲，而且每天從早做到晚不停的紡紗，也無法紡完所有的麻。王后走後，她就哭起來了，整整三天，坐在那裡手都沒有動。

第三天，王后來看她，發現她還沒開始工作，覺得很奇怪。女孩辯解說：「自己離開母親，心裡很難過，還不能工作。」

王后認為這雖然有道理，但臨走的時候還是說：「明天不開始紡紗可不行喔！」

王后走了以後，女孩心裡非常悲傷，不知道怎麼辦才好，就走到窗邊，看到三個女人走過來。

第一個女人的一隻腳又寬又胖。

第二個女人的下脣很厚，一直垂到下巴。

第三個女人的拇指特別大。

三個女人走到窗下停住，抬頭問：「女孩，你是不是有困難？」

女孩向她們哭訴，三個女人便說要幫助她。「只要你答應，和王子舉行婚禮的時候，邀請我們參加，稱我們為伯母，讓我們和你坐在同一桌，我們就會替你紡紗，而且在極短的時間裡紡完。」

女孩說：「那我太高興了！請你們進來，馬上就開始工作吧！」

於是，女孩把三個奇妙的女人請進來，三個女人就坐在那裡開始工作。第一個女人把麻絮抽出來，用腳踩紡輪；第二個女人就用嘴把麻縷弄溼；第三個女人轉動它，用手指敲桌子，每敲一聲，一捲麻紗就落在地板上，紡得非常漂亮。王后每次來看女孩，女孩就叫三個人躲起來，讓王后看紡好的紗，王后看了讚不絕口。

沒多久，三個房間的麻就紡完了，三個女人向小女孩告辭時說：「為了你的幸福著想，請別忘了答應我們的事啊。」

然後，王后看到三個房間都空了，紡好的紗堆成像山那麼高，就吩咐準備婚禮。

王子很高興，這麼快就可以找到一位能幹的新娘，對妻子非常讚賞。新娘請求說：

「我有三位伯母，伯母對我很好，我自己有了幸福，也不希望忘掉她們。請答應邀請她們來參加婚禮，並且和我們一起同一桌吃飯。」

王子和王后說：「怎麼會不答應呢？」

婚禮開始時，三位伯母打扮得奇形怪狀走進來。新娘說：「歡迎伯母光臨。」

新郎說：「哎呀！你怎麼會跟外表這麼叫人討厭的伯母一起呢？」

然後，他走到腳板又大又扁的女人面前，問她說：「為什麼你的一隻腳會這麼大？」對方回答：「那是因為常常要踏。」

王子又走到第二個女人旁邊，向她說：「為什麼你的嘴唇垂得那麼長啊？」

女人回答說：「那是因為常常要用嘴巴舔。」

王子再問第三個女人：「為什麼你的拇指會那麼大呢？」

第三個女人回答：「那是因為常常要搓。」

於是，王子驚嚇的回頭看看新娘，當眾宣布：「我美麗的妻子，從今以後絕不讓她去摸紡紗機了。」

從此以後，新娘再也不用做她最討厭的紡紗工作了。

玻璃瓶中的妖怪

在很久很久以前，有一個貧窮的樵夫，他一天到晚辛勤的工作，好不容易存了一點錢，就對兒子說：「我只有你這個兒子，爸爸將積蓄下來的血汗錢讓你受較高的教育，以後我老了、不能工作的時候，你就有辦法賺錢養活我。」

兒子上學後，非常用功，老師都很稱讚他。就這樣，連續讀了幾年，但是學業還沒完成的時候，已經用光了父親僅存的一點錢，不得不輟學回家。

樵夫傷心的說：「唉，我已經沒有能力供你上學了。在這不景氣的年頭，所賺的錢只能夠買麵包，一毛也不剩。」

兒子說：「爸爸，您不用太擔心，神會照顧我們的。相信總有一天我會有辦法的。」

隔天，樵夫想到森林砍一點柴賣錢來換麵包。孝順的兒子說：「爸爸，我和您一起去吧，也好幫您的忙。」

樵夫說：「你不能幹活！你會受不了的，況且我們家也只有一把斧頭。」

兒子說：「到隔壁借啊！等到我們賺了錢，就可以再買一把新的。」

於是，樵夫到隔壁借了一把斧頭。

第二天早晨，天剛亮，父子兩人就到森林砍柴。當太陽升上高空時，樵夫對兒子說：「我們休息吃中飯吧！下午時間很長，還可以做很多事情。」

兒子拿起麵包說：「爸爸，您好好休息，我不累，我想到處逛逛，或許可以找到鳥巢。」

樵夫說：「傻孩子，有什麼好逛的？瞧你累得手都抬不起來了。不要去，坐在我身旁休息吧！」可是兒子不聽，自己進入森林深處。

他一面吃著麵包，一面尋找鳥巢，不知不覺，走到一棵高入雲霄的橡樹下。那是一棵好幾百年的老樹，樹幹粗得五個人都抱不住。他停下來，抬頭往上看，心想：「這種大樹一定有很多鳥在上面築巢。」

這時候，突然傳來一陣怪聲。仔細一聽，好像有人用很小的聲音叫著：「放我出去！放我出去！」嗯？他繼續張望，但是什麼也沒發現，只覺得聲音好像是從地底下傳上來的。

於是他大聲喊道：「欸，什麼人啊？是什麼人啊！」那個聲音回答：「我在橡樹下，快點放我出去！快點放我出去！」

少年就低頭尋找，終於在一個小小的洞裡發現了一個玻璃瓶。

他拿起來對著陽光一看，裡面有一隻青蛙般的東西跳來跳去。

「放我出去！放我出去！」那東西又叫了起來。少年沒有考慮到會有什麼樣子的結果，就把瓶塞拔掉了。

突然間，一個妖怪從瓶中像陣煙似的冒了出來，漸漸變大，一轉眼，就變成一個長達橡樹一半高的巨大禿頭妖怪。

「你救我出來，你可知道我要給你什麼禮物嗎？」妖怪用可怕的聲音問道。

「我怎麼知道啊！」少年毫不畏懼的回答。

「嘿嘿，那麼我告訴你吧！我要扭斷你的脖子。」妖怪說。

「你為何不早說呢？要是我知道就不放你出來了。不過，你也奈何不了我！再說，你也應該不會那樣做吧？」

妖怪叫道：「你應該得到報應的，你以為我喜歡長期被關在瓶子裡嗎？你錯了，我是有罪才受罰的。我曾立下誓言，無論誰救我出來，我都要扭斷他的脖子。」

少年說：「好，既然如此，我只好自認倒楣了，不過我很懷疑你，是不是真的，是從這麼小的瓶子裡出來的？還有，你真的是妖怪嗎？如果你能再回到瓶子裡，我就相信。以後你隨意要怎麼處置我，我都不會抗議。」

妖怪得意洋洋的說：「哈哈！那太簡單了！」

接著，就把身體縮成像當初那樣細細小小的，鑽進瓶子裡。機智的少年立刻塞回瓶塞，再把瓶子丟在原本的地方。

這時，少年原本想回到父親那裡，但是又聽到妖怪可憐兮兮的叫著：「放我出去！放我出去！」

少年說：「不！你出來後，一定又會像剛剛那樣子傷害我。」

「不會的。我不但不會傷害你，還要送你一輩子也用不完的財寶。」

少年說：「不！你的話不可靠。」

妖怪說：「你不放我出去，會失去機會的。」

少年心想：「不妨壯著膽子試試看，說不定會遵守諾言。」

於是，就蹲下去把瓶塞拔了。妖怪像剛才那樣子，從瓶中出來伸伸腰，變成一個巨人，說：「好吧！我送你禮物吧！」然後就給少年一塊像膠布那麼小的布，並且對他說：「用它的一邊擦任何東西的傷口，傷口會立刻痊癒；用另外一邊擦鋼器或鐵器，馬上會變成銀器。」

「我要試試看才知道是真是假。」少年說著，走到樹下用斧頭砍傷樹幹，再用布的一端擦它，樹幹的傷痕很快就不見了。

「欸！這東西還真好用。」雙方互相道謝後，少年就回到父親休息的地方。

「你去了老半天，把工作都忘了！我早說了，你這孩子什麼事都做不好。」樵夫抱怨著。

「爸爸，你放心好了！我會補回來的。」

「補回來？怎麼補法？」父親不高興的說。

「爸爸，你看，我有辦法砍掉那棵樹，而且要讓它吱吱嘎嘎的響。」

於是，他先用布擦一擦斧頭，才去砍樹。這一砍，鐵的斧頭竟然變成銀的，刀口也變鈍了。「爸爸，你看！這把斧頭真的不管用，只砍一下就彎掉了。」

樵夫驚訝的說：「怎麼會這樣？人家借給我們的時候好好的，是你給人家弄彎的，非賠人家不可。」

「爸爸，不要生氣，讓我來想辦法。」

「你這傻瓜會有什麼辦法？你的頭腦裝的全是書本裡上面的道理。」樵夫氣得臉色發青。

經過一會兒，少年說：「爸爸，斧頭不能用了，我們還是回去吧！」

「你說什麼？你以為我也和你一樣可以閒著不做事情嗎？我還要砍柴哩！你先回去好了。」

「爸爸，我第一次到森林裡面來，一個人回去恐怕會迷路。我們呢還是一起回去好了！」樵夫這個時候氣也消了，就和兒子一起回到家裡。

樵夫對著兒子說：「你把這鈍了的斧頭拿去賣，看看能賣多少錢。不夠的部分，等改天賺了錢，再湊足還給鄰居。」

少年就拿著斧頭到街上的銀樓拿去賣。銀樓的老闆秤過後，說：「這把斧頭價值四百銀幣，但我們現在沒有那麼多的現款。」

「那你有多少就先給多少，其餘的我過幾天再來拿。」

銀樓老闆就先給少年三百個銀幣。少年拿著銀幣回去對爸爸說：「爸爸，我們有錢了！你去問問隔壁的伯伯，他那把斧頭價值多少。」

「我早就知道了。價值一個銀幣又四個銅幣。」

「嗯，好啊！那麼，我們就給他兩個銀幣和十二個銅幣，他應該會接受吧！爸爸，你看我們有這麼多錢。」

少年說完，就拿一百個銀幣給父親，說：「爸爸，我不會讓你為缺錢而痛苦的，以後呢，我們就可以過好日子。」

「真沒料到！你怎麼，你怎麼會變得……那麼有辦法呢？」

兒子就把事情的經過告訴父親，又說：「因為我對自己有信心，今天才有豐富的收穫。」

後來，他用剩下的錢繼續升學。而且由於擁有那塊神奇的布，幫許多的人治好了傷口，使他成為遠近聞名的醫師。

謎語

從前，有一位王子，他很想到世界各地去旅行，便帶著一個忠僕出發了。

有一天，他們走進一座很大的森林，來到了巫婆住的一間小屋，一個老太婆坐在火爐邊的搖椅上，很親切的說：「晚安，坐下來歇會吧！」

爐火上有一個小鍋子，不知道在煮些什麼。屋子裡有善良的女孩，偷偷的提醒王子和僕人，小心屋裡的食物，什麼也不能吃，什麼也不能喝。

第二天早上，主僕倆就要出發了。當王子跨上馬時，老太婆急忙說：「請兩位等一等，喝杯飲料再上路吧！」王子騎馬離開後，僕人因為還在替自己的馬裝馬鞍，所以等邪惡的巫婆端出飲料時，他仍站在屋前。

「請把這個飲料交給你的主人。」

突然玻璃杯碎掉了，毒液濺到馬的身上，因為毒性很強，那匹馬立刻倒下來死了。

僕人趕快追上王子，告訴他這件事。兩人都慶幸沒有被巫婆陷害，可是把馬鞍丟掉實在太可惜，僕人便想回去取馬鞍。

當僕人回到死馬身邊時，看見一隻烏鴉停在上面，吃著馬肉，僕人自言自語：「不知道今天能不能找到更好的食物。」說著，他就把烏鴉殺死，一起帶走了。

主僕倆在森林裡走了一整天，還是走不出去，到了晚上，他們找到一家旅店，便走進去投宿。其實，這並不是普通的旅店，而是一個可怕的殺人窩。這裡住著十二個殺人不眨眼的凶手，他們計畫在今晚殺掉王子和僕人，搶走他們所有的財物。

凶手們在動手以前，打算先飽餐一頓，便和旅店主人共同享受烏鴉肉熬出來的湯。但是，這些惡棍只喝了兩三口湯，就紛紛倒地死亡。

因為，烏鴉吃了含有劇毒的馬肉，毒性留在身上，使得這些無惡不作的人，遭受到應有的報應。

王子和僕人騎著馬離開後，繼續到世界各地去旅行。

他倆走了很久，終於來到一座小城堡。城堡中有一位很漂亮，但很驕傲的公主。她向大家宣布：「如果有人說出難倒我的謎語，我就嫁給那個人；假使我揭開謎底，對方就要被砍頭。」

王子被公主的美貌迷住了，所以決定冒著被殺的危險，去試一試。他來到公主面前，出了一則謎語：「有一個東西並沒有殺人，可是卻殺死了十二個人，那是什麼？」

公主一點也不知道那是什麼，絞盡腦汁拚命的想，還是解答不出，便命令女僕偷偷的進入王子的寢室，偷聽王子的夢話。她心想，王子或許會在睡夢中洩漏謎底。

但是呢，聰明的僕人建議王子睡在別的地方，由他代理王子睡在床上。果然，前兩天晚上，女僕偷偷來到王子的床前，僕人便拉下女僕的斗篷，用鞭子把她們趕出去。

第三天晚上，王子睡在自己的床上。焦急的公主親自披上淡褐色的斗篷，來到王子床邊。可是，王子卻是醒的，他瞇著眼睛，假裝睡著了！把公主說的話，都聽得清清楚楚。

公主問他：「欸，那個沒有殺人的東西是什麼呢？」

王子說：「那是一隻吃了有毒的馬肉，自己也毒發死亡的烏鴉。」

公主又問：「那為什麼你說，牠殺死十二個人呢？」

王子回答：「因為有十二個殺人凶手，吃了那隻烏鴉的肉後都死掉了。」

公主獲得了謎底，非常高興，想要悄悄的溜走，王子由床上一躍而起，緊抓著她的斗篷，公主只好留下斗篷，狼狽的逃走了。

第二天早上，十二位裁判官和王子來到城堡，公主提出正確答案之後，王子就請求裁判官讓他解釋，他說：「公主在半夜裡偷偷跑到我的房間，向我詢問謎底。要不是我告訴她，她根本無法解答。」

裁判官說：「請你拿出證據吧！」

於是，王子叫僕人拿出三件斗篷，作為他的證據。

裁判官看見其中一件正是公主常穿的淡褐斗篷，便說：「用金線和銀線在斗篷上繡出美麗的花朵吧！這就可以作為公主在婚禮中所要穿的斗篷了。」

青蛙王子

　　從前，有一位國王，他的女兒都長得非常漂亮，尤其是最小的女兒特別美麗。連什麼都見過的太陽，每次照到小公主漂亮的臉蛋時，也都禁不住讚嘆。

　　國王的城堡附近有一片很大的黑森林，森林中的老菩提樹下有一口古井。小公主很喜歡跑到森林裡，坐在涼爽的古井旁邊，無聊

的時候就拿出一顆金球，丟得很高再用手接住，這是小公主最喜歡的遊戲。

有一天，小公主把金球丟得很高，金球沒有掉在她可愛的小手裡面，卻落在草地上，滾到井裡去了。這口井很深，幾乎深不見底。

小公主急著哭了起來，哭聲越來越響，因為她捨不得心愛的金球。

哭著哭著，突然間，不知道是誰在叫她：「呱呱呱，小公主！你怎麼啦？哭得那麼大聲，連石頭都會為你傷心呢。」

小公主回過頭，看見一隻青蛙。

小公主說：「原來是你！老青蛙啊，我的金球掉到井裡去了，我怎麼能不哭呢？」

「不要哭了！呱呱呱，我來替你想辦法。呱呱，不過如果我幫你撿起金球，你願意給我什麼東西呢？呱。」

「只要是你想要的東西，我都可以給你。」小公主說：「我的衣服、珍珠、寶石，甚至我頭上戴的金冠，我通通都可以給你。」

青蛙回答說：「呱，你的衣服、珍珠、寶石跟金冠我通通不想要。呱呱，但是假如你能答應和我做朋友，一起玩耍；吃飯的時候，讓我坐在你的身邊，從你的金盤裡拿食物來吃，用你的杯子喝水；並且睡在你的床上，我就到井裡幫你撿回金球，呱呱呱。」

小公主說：「嗯，好吧！你的要求我都答應，只要你能找回我的金球。」

但是，小公主心裡卻想著：「這隻笨青蛙，真是胡說八道，牠頂多只能在水裡，跟同伴們『呱！呱！』的叫著，怎麼能和我做朋友呢？」

過了一會兒，青蛙撥開井水跳上來，嘴裡銜著金球，丟在草地上。小公主看到漂亮的金球回來了，非常高興，立刻撿起金球，一溜煙似的跑掉了。

「等等我呀，呱呱呱！帶我一起走呀，呱呱呱！我不能跑得跟你一樣快。」青蛙拚命的叫著：「呱呱呱呱。」

可是，不管青蛙怎麼樣用盡力氣大聲叫喊，小公主根本就不聽牠的話，反而加快腳步，急急忙忙跑回城堡去了。不久，她就把可憐的青蛙忘得一乾二淨，青蛙也只好回到井裡去了。

第二天晚上，國王和公主圍著餐桌用金盤子吃飯時，忽然聽到一陣「啪啦！啪啦！」的聲音，然後聲音越來越大，就變成「砰！砰！砰！」的敲門聲，有很大的聲音叫著：「公主！最小的公主，呱呱呱！請開門！」

小公主起身，跑過去想看看是誰在外面，一打開門，卻看見青蛙蹲在門口。小公主嚇了一跳，趕緊「砰！」的一聲，把門關上，最後回到餐桌旁，心裡很擔心。

國王發現小公主的神色不太對，就問她說：「孩子，你怕什麼？是不是外面來了一個巨人，要把你帶走？」

小公主說：「不是巨人，是一隻討厭的青蛙。」

國王很驚奇的問她：「請問牠找你是什麼事呢？」

小公主回答：「啊！爸爸！我昨天不小心讓金球掉到井裡去了，青蛙幫我撿回金球，但是要我跟牠做朋友，那時候我以為青蛙不可能從水裡跳出來啊，所以我就答應了。可是，現在青蛙已經來到門口，想進來坐在我的身邊欸。」

這時候，響起了第二次的敲門聲，又聽見青蛙大聲說：「呱呱呱！公主，最小的公主！請你開門！難道你已經忘了答應我的事了嗎？呱呱呱！」

國王對小公主說：「你答應別人的事情，一定要遵守承諾做到，趕快去開門。」

小公主把門打開了以後，青蛙馬上跳進來，對小公主說：「請你把我抱到椅子上，呱呱呱。」

小公主猶豫著，國王便叫她照著青蛙的話做。青蛙坐在椅子上，接著又要求要上餐桌。

等牠坐上餐桌，就對小公主說：「呱呱呱，請你把金盤子推過來，好讓我能跟你一起吃飯。」

這頓飯青蛙吃得津津有味，但是小公主吃進的每一塊食物，都好像哽在喉嚨裡，非常的難過。

最後，青蛙說：「我

吃得好飽！呱呱呱！我現在疲倦了，請你帶我到臥室去，讓我們一起躺下來睡覺吧！呱呱呱。」

小公主聽了，不由得哭了起來。她心裡很害怕，因為她平常連碰都不敢碰身上溼溼黏黏冰涼可怕的青蛙，現在卻要去睡在自己乾淨漂亮的床上。

可是，國王生氣的說：「你有困難時，青蛙來幫助你，現在不能看不起牠。」

於是呢，小公主用兩根手指夾住青蛙，帶到自己的臥室放在角落裡。當小公主在床上躺下來了以後，青蛙跳起來說：「啊！我好累！呱呱呱！真希望可以跟你一起睡在舒適的床上，如果你不願意，我就告訴你的父王，呱呱呱。」

小公主非常的生氣，抓出青蛙就用力摔到牆上，說：「這樣子你該可以休息了吧！討厭的青蛙，哼！」

欸！說也奇怪，當青蛙一掉在地上，就變成一位英俊有禮的王子。國王很喜歡這位王子，贊成小公主和他做朋友。王子因為受到巫婆的詛咒，變成了青蛙，而且除了小公主之外，沒有人能破除這個魔法。為了感謝她，王子決定要帶小公主回到自己的國家。

第二天早晨，王子的僕人——忠實的漢里西，駕著一輛八匹白馬拉的馬車來到城堡前。回程的路上，王子聽到後面傳來嗶哩啪啦的聲音，好像有什麼東西裂開似的，就轉過頭大聲叫著：「漢里西，馬車壞了！」

漢里西回答：「不！不是馬車壞了！是我的鐵箍斷裂了。當你困在井裡，變成一隻青蛙時，那時我非常的悲傷，怕自己的心臟破碎，才用三層鐵箍套在胸前。現在你聽見的，就是鐵箍斷裂的聲音。」

一路上，不斷傳來嗶哩啪啦、嗶哩啪啦的聲音，王子每次都以為是馬車壞了，其實那是忠實的漢里西，因為王子得救，高興的把鐵箍震碎，所發出來的怪聲。

無所畏懼的王子

從前，有一位王子他什麼都不怕。但是，他每天都待在王宮裡，覺得好沒意思喔，他決定要去看看外面廣大的世界。

有一天，他告別了雙親後就出發了。

走著走著，不久之後，他來到巨人的房子前。他發現院子裡面有一些巨大的球和柱子，他就玩了起來，玩得哈哈大笑。

巨人從窗口探出頭來，非常生氣的吼叫：「欸！小鬼！你為什麼玩我的球啊？你哪來這麼大的力氣？」

王子抬起頭來，一點也不害怕的瞪著巨人說：「你以為沒有人比你力氣大嗎？不管什麼事，只要我想做，一定可以做到。」

巨人走出來，注視著玩球的小鬼說：「喂，小鬼！你既然這麼厲害，那你就去摘生命樹的蘋果來！」

王子問：「生命樹的蘋果，摘它來要幹什麼？」

巨人回答說：「嗯！那是我的未婚妻要的。」

王子說：「哼！我一定能幫你找到。」

巨人說：「你以為這麼簡單嗎？生命樹的院子中，周圍圍著鐵欄杆，有許多凶猛的野獸，告訴你，從來沒有人能進得去。」

王子說：「我一定可以進去。」

巨人說：「不！即使你能走進院子、看到蘋果長在樹上，但是還不一定能得到它。因為它的前面吊著寶環，你必須要先把手伸進去環裡，才能摘到蘋果。到目前為止，哼！還沒有人摘到蘋果呢！」

王子說：「等著瞧吧！我一定摘來給你看。」

王子和巨人告別後，越過高山和深谷，經過原野和森林，終於找到了。

果然，院子的周圍躺著許多野獸歘。不過，牠們都睡著了。

於是，王子跨過野獸進入院子，果然有一棵生命樹，紅蘋果就在樹枝上閃閃發亮。王子爬上了生命樹，他將手穿過寶環，把蘋果摘了下來。當寶環緊緊的套住王子的手臂時，王子覺得有一股奇異的力量流入他的血管。

他拿著蘋果走出門外時，在門前睡覺的獅子突然站起來，但是獅子並沒有攻擊王子，牠反而把王子當成了主人，跟隨著他。

王子將蘋果帶到巨人面前，說：「怎麼樣，我輕而易舉的將蘋果帶回來了。」

巨人非常的高興，他趕緊將蘋果帶到未婚妻面前，獻給了她。

巨人的未婚妻看到巨人的手臂並沒有套上寶環，就對巨人說：「除非你手臂上套有寶環，否則我不相信蘋果是你摘的。」

巨人回答說：「我馬上回家，我回家拿寶環來給你看。」到家後，巨人要王子把寶環給他，但是被王子拒絕了。

巨人說：「欸！小鬼我告訴你，蘋果和寶環是一對的。如果你不交給我，你就用寶環作賭注，和我決鬥吧！」

王子和巨人，兩個人拚鬥了很久，王子藉著寶環那不可思議的力量，變得非常的強壯。

於是，巨人想了一個壞主意，他對王子說：「欸！小鬼，我們兩個在這裡打得汗流浹背，熱死了。不如我們一起先到河裡去泡泡水，涼一涼再打。」

王子跟著巨人到河邊，脫下了衣服，從手上取下寶環，就跳入河中。

巨人趁機偷走了寶環，然後一溜煙的跑掉了。獅子發現寶環被巨人偷走，追上了巨人，奪回了寶環之後，帶回到王子的身邊。

巨人居然還是不死心。他躲在橡樹後，趁王子穿衣服不注意的時候，挖掉了王子的兩隻眼睛。可憐的王子什麼也看不見，這時巨人走過來，拉著王子來到懸崖邊，推他下懸崖。

忠實的獅子及時咬住王子的衣角，慢慢的將王子拖回崖上。

當巨人走到懸崖下面，沒看到王子。居然又回來找王子，帶他走向另一座懸崖。

獅子知道巨人打的壞主意，便衝向巨人，把他推到懸崖下，巨人因而粉身碎骨。

忠實的獅子帶領著牠的主人離開懸崖，來到一棵樹下。獅子用溪水潑向王子的臉，當兩三滴溪水弄溼王子的眼窩時，王子就恢復了一些視力，於是彎下身子，用溪水清洗他的臉，當他站起來時，他的眼睛變得比原來的更明亮了。

王子帶著獅子環遊世界，偶然的他來到一座被詛咒的大城。城門口站著一個容貌非常高雅的少女，只可惜她全身的皮膚都是黑色的。

少女對王子說：「啊！如果你能解救我身上的魔法，那該多好！但是，你必須在城裡的大廳連住三個晚上，而且絕不能害怕。」

王子說：「我絕對不會害怕。」

王子進入城裡，坐在大廳等候，一直到了半夜，都寂靜無聲。

突然間，起了一陣小騷動，有一群小惡魔在房間開始賭博。

其中一個小惡魔賭輸了就說：「欸！奇怪欸，房間裡好像有外人。一定是他在搞鬼，我才會輸的。」

另外一個小惡魔說：「喂！躲在暖爐後面的傢伙！不要跑！我來了！」

吵鬧的聲音越來越大，王子還是很鎮定的坐在那裡，一點也不害怕。

最後，小惡魔們從地板上跳起來攻擊王子，可是王子一直沒有發出聲音。

天亮以後，黑少女來到王子面前，手中拿著一小瓶生命水，他為王子洗擦身體後，王子的疼痛馬上消失了。

少女對王子說：「雖然你順利的度過了一個晚上，不過還有兩個晚上呢！」

少女說完話後就離去了，這時王子發現少女的腳已經變白了。

第二天晚上，小惡魔比前一天晚上更拚命的打王子，王子還是沒有發出一點聲音。

當天色變白時，少女又出現在王子面前，用生命水治療王子的傷。

少女離開王子的時候，王子發現少女的手到腳趾部分都變白了，心裡非常的高興。

然而，王子必須還要再忍耐一個晚上。

小惡魔的騷動又開始了，他們叫嚷著：「這次一定要把你弄得喘不過氣來！」

王子還是忍耐著。最後，小惡魔們全部消失了。王子倒臥在地上不能動彈，沒有辦法睜開眼睛。少女用生命水為王子洗擦身體，當王子睜開雙眼，看到少女就站在身邊。哇，她已經是像雪一樣白，像晴朗的日子一樣美麗了。

少女對王子說：「用劍在樓梯上揮三下，就能夠解救全城。」

於是，全城的魔法都消失了。原來這位少女是富有的公主，恢復正常後，僕人們前來報告，大廳裡擺好了餐桌，而且豐盛好吃的食物也準備好嘍。

於是，王子和公主一起吃飯，並且在當天黃昏時分，高興的舉行了婚禮。

大鐵爐

從前有一位王子，巫婆施魔法把他關在森林中的大鐵爐裡。一天，有一位公主在森林迷了路，無意中發現這個大鐵爐。被關在鐵爐裡的王子聽見人的腳步聲，問道：「你是什麼人？要到哪裡去？」

公主回答：「我父親是國王，我找不到出路回去。」

鐵爐裡的王子又說：「我有辦法馬上叫人帶你回去，不過你要發誓救我出去喔！我是一位王子，我的國家比你的國家大，我希望將來和你結婚。」

公主聽了很害怕，但是為了想盡快回家，就答應對方的要求。

公主平安回到家後，傷心的對國王說：「父王，我在森林迷路，有一位王子派人送我回來。為了答謝他，不得不答應他的求婚，而且還發誓要救他出來。現在，我要盡快拿刀子去森林裡挖開鐵爐救他。」

國王聽了很著急，找來兩位美麗的姑娘代替公主，但是她們在森林中連續挖了二十四個小時，鐵爐仍然完整如初。

後來國王忍痛叫人送公主進入森林，公主走到大鐵爐前面，挖不到兩個小時，大鐵爐就露出一個洞。裡面有一個英俊的年輕人，公主打從心底喜歡他，並繼續挖下去。不久，年輕人從洞口鑽了出來，他說：「感謝你救了我。今後，你永遠是我的，我也永遠屬於你。我想要娶你為新娘。」

公主答應了他，不過希望能夠先回去告訴父王一聲，王子說：「好是好，但是你要記得，和父王說話不得超過三句，說完要趕快回來。」

公主很高興的回到王宮，卻忘記了她的諾言，跟父親說了不只三句話。因此，還在說的同時，森林中的鐵爐和王子都不見了。

公主回到森林，到處找不到鐵爐和王子，急得不得了。走到一間老舊小屋前面，從窗口看去，屋裡有胖蟾蜍和小蟾蜍，好心的蟾蜍開門歡迎公主，公主把她遇到的事情告訴蟾蜍。其中一個胖蟾蜍，拿出三根針、一個犁輪和三個胡桃給公主，說：「帶這些東西上路吧！你必須爬過陡峭的玻璃山，跨過三支鋒利的劍和一條大河，才能找到王子。」

果然，公主用三根針爬過滑溜溜的玻璃山，還坐上犁輪安全閃過三支劍，順利渡過大河，最後看見一座雄偉的城堡。公主猜想鐵爐裡的王子應該住在城裡。進城後，公主告訴人家她是貧家女，並到王宮裡幫傭。她看到王子已經有未婚妻了，正在準備結婚，心裡非常的氣惱。

當天黃昏，公主工作完畢，想起胖蟾蜍給她的三個胡桃還在口袋裡，便拿一個出來吃。咬了一口，裡面出現一件輕薄的漂亮衣裳。

王子的未婚妻看到了，說：「你又用不著穿得那麼漂亮，把衣裳賣給我吧！」

公主說：「如果你答應讓我在王子的房間睡上一夜，我就把這衣裳送給你。」

原來，王子的未婚妻計畫在王子睡前喝的飲料中，加入安眠藥。王子晚上睡得很熟，公主怎麼也叫不醒他。

整個晚上，公主邊哭邊說：「我把你從森林中的鐵爐裡救出來，為了找你，我又冒著生命的危險爬過玻璃山、越過三支鋒利的劍和水流湍急的大河！找到了你，你竟忍心不理我。」

守在門外的侍從聽到了，第二天把這些話說給王子聽。隔了一天，公主工作完畢，剝開了第二個胡桃，裡面有一件更漂亮的衣裳。王子的未婚妻又要來向她買，她照樣以在王子房間睡一夜為交換條件。

這一晚，王子仍然叫不醒，公主和前一天晚上一樣，哭訴了一整夜。

第三天，公主做完分內的事，拿出了第三個胡桃出來咬，出現了一件繡滿了金色花朵的衣裳，就讓王子的未婚妻，喜歡得愛不釋手。公主又要求在王子房間睡一晚，才把衣裳送給她。

這次，王子心裡有數，便假裝睡著了，直到聽見女孩的聲音：

「心愛的人啊，我把你從森林中的鐵爐救出來……」

王子突然坐起來說：「我以為你死了，原來你還活著。從今以後，你永遠是我的，我也永遠屬於你。」

會唱會睡的雲雀

很久以前，有個人想外出旅行，臨走前問三個女兒想要什麼禮物。大女兒說要珍珠，二女兒說要鑽石，三女兒說：「爸爸，我要一隻會唱歌、會睡覺的雲雀。」

父親說完吻過三個女兒，就出門了。

回家途中，父親為大女兒和二女兒買了珍珠和鑽石，但怎麼也

找不到小女兒要的會唱歌會睡覺的雲雀。不久，他走進一座森林。森林中有一座漂亮的城堡。城堡附近有一棵樹，一隻會唱歌的雲雀就這樣停在那棵樹上。

他很高興的說：「哇！來得正是時候啊！」就叫傭人趕快上去把雲雀捉下來。但是，當他們走到樹下時，在樹下睡覺的獅子忽然醒過來，吼了一聲，說：「誰敢偷走我的會唱歌會睡覺的雲雀，我就要把他吃掉！」

父親說：「請原諒我！我可以給你很多的錢，拜託，請饒我一命，並讓我把鳥兒帶回去送給我的女兒好嗎？」

獅子說：「只要你答應給我回到家第一個遇到的東西，我就饒你一命，還把那隻鳥也送給你。」

但是父親拒絕說：「不行不行！最先遇到的人一定是我的小女兒。」

在旁邊的傭人害怕的說：「雖然小姐會出來，不過或許會先遇到貓或狗也不一定啊！」父親無奈的答應了獅子。回到家一進門，第一個跑出來的，果然是小女兒。

小女兒看到父親帶回一隻會唱歌會睡覺的雲雀，高興得眉開眼笑。但父親卻哭喪著臉說：「乖女兒啊，這隻小鳥的代價很高喔！

因為牠的主人是隻凶猛的獅子。我不小心觸怒了牠，牠要我答應用你去換小鳥，才放我回來。牠得到你之後，一定會把你吃掉的。」

父親把經過的情形告訴了小女兒。

小女兒安慰父親說：「爸爸，我們要遵守諾言。我有辦法說服獅子，平安回來。你放心。」

第二天早上，女兒就告別父親，走進森林。

原來那頭獅子是一位受到巫術詛咒的王子。白天所有王宮裡的人都會變成獅子，晚上才又恢復人形。小女兒到森林之後，受到獅子熱烈的迎接。

晚上一到，獅子就變成美男子帶她進城，和她舉行婚禮。從這天起，兩人一起過著快樂的生活，新娘子白天睡覺，晚上起來活動。

有一天，王子對小女兒說：「明天你娘家有喜事，因為你大姊要結婚了。如果你想回去，我叫獅子送你。」

父親和兩個姊姊看到小女兒沒有被獅子吃掉，非常高興。她告訴大家，她嫁了一位美男子，過著快樂的生活。

經過不久，二姊也要結婚了。收到請帖時，她對獅子說：「這次希望你能陪我去。」

但是獅子認為這樣太危險了，因為到了那邊，如果被燭光照到，牠就會變成鴿子，和其他的鴿子在天空一起飛翔七年。

小女兒說：「真的嗎？不過我還是希望你一起去，我會特別注意，不讓任何光線照到你。」

於是，兩人就帶著一個孩子出發了。回到娘家後，小女兒請父親安排一個牆壁很厚、光線照不進去的房間。當婚禮的燭光快要點亮的時候，她就讓丈夫待在那個房間裡。可是，她不知道原來牆壁上有一道眼睛看不出的裂痕。

隆重的婚禮結束後，一行人從教堂回來，拿著火炬走進大廳，像頭髮那麼細的光線從隙縫射進房間，照到了王子，王子立刻變成一隻白鴿。當小女兒進房時，看不到丈夫，只看到一隻小白鴿停在椅子上。

白鴿對小女兒說：「往後的七年，我必須到處飛翔。但是，每飛七步，我會淌下一滴紅色的血，掉下一根白色的羽毛作為路標。你只要循著走，我就能得救。」

白鴿說完，就從門口飛出去。小女兒緊緊跟著後面追，白鴿果真每飛七步就滴落一滴血和一根羽毛。

就這樣，她來到廣大的世界。那裡的風景很好，但是她無心欣賞，也不敢停下來休息。算一算七年的時間到了，小女兒很高興，以為丈夫不久就能得救了。

有一天，她還在跟著白鴿走的時候，忽然找不到紅血滴跟白羽毛，抬頭看看天空，白鴿不見了。「我該怎麼辦？」

小女兒失去了目標，就去找太陽，對太陽說：「無論大小裂縫或燈塔的尖端，你的光都照得到，請問你有沒有看到一隻飛翔的白鴿呢？」

太陽說：「不！我沒有看到。不過，我要給你一個小盒子，在你遇到困難的時候，就把它打開吧。」小女兒向太陽道謝後，又再向前走。

晚上月亮出來的時候，她問月亮說：「整個晚上，你的光照遍田野和森林，請問你是否看到一隻白鴿飛過去？」

月亮說：「不！我沒有看到白鴿。不過我可以給你一個小蛋，當遇到困難無法克服的時候，就把它敲破！」小女兒謝過月亮之後，又繼續前進。

不久，一陣北風向她吹過來，她就對風神說：「祢一吹，樹上的葉子就會掉落，請問祢有沒有看到一隻白鴿飛過去？」

風神說：「不！我沒有看到鴿子，但我可以問問其他三位風神，祂們也許有看到白鴿。」於是，北風就問東風和西風，祂們都說沒有看到。

最後問到南風，南風說：「我看到一隻白鴿往紅海的方向飛去。到了那邊，他又變成獅子。同時，七年的期限已滿，獅子正在那邊和龍打鬥。那條龍聽說是一個受到巫術詛咒的公主變成的。」

於是，北風對小女兒說：「這樣吧！我教你一個好辦法。你到紅海去，把第十一棵樹砍下來，做成鞭子打那條龍，獅子就會打勝仗。到時，雙方都能變成人形。然後，你會發現一隻叫格萊弗的怪鳥，你和丈夫要趕快跳上牠的背，越過紅海。還有，這顆核桃你帶著，當你們飛到海上的中央時，記得把它丟下來。核桃將立刻發芽，從水中長出一棵很大的核桃樹，這時要讓怪鳥停在樹上休息休息。因為怪鳥不休息，就會不夠力量背你們到達對岸，你們將會有喪命的危險。」

小女兒接過核桃，馬上照北風的指示去做。打贏龍的獅子和龍一起變回人形，龍變成的公主卻很快的拉著王子一起跳上怪鳥飛走了，小女兒就這樣被遺棄了，她傷心的坐在地上痛哭。

不久後，小女兒穩定了心情，對自己說：「只要有風吹，有公雞啼，我就要繼續走，直到找到他為止。」

於是，她又走了很遠很遠的路程，來到了她的丈夫和公主住的城堡，聽當地的人說，公主馬上就要和一位王子結婚了。

她喃喃的說：「願神幫助我！」之後就打開太陽給她的小盒子，看到裡面有一件像太陽那樣閃閃發亮的衣服。

公主舉行婚禮那天，她穿上那件衣服走進城堡。新娘越看越喜歡她的衣服，便想向她買來當結婚禮服。但是她說：「再多的錢我都不賣，除非是用血或肉來交換的衣服。」新娘問她是什麼意思，她說：「就讓我在新郎的房間睡上一夜，衣服就給你。」

新娘雖然不願意，但因為很喜歡她的衣服，只好答應了。可是她卻吩咐隨從，讓王子在睡前服下安眠藥。晚上，王子昏昏沉沉的睡著了，小女兒才被帶進那個房間。她坐在床邊對著王子說：「我追你追了整整七年，請教過太陽、月亮和四位風神，依照祂們的指示幫助你打贏龍，你忍心這樣忘掉我嗎？」

王子迷迷糊糊的，以為她的說話聲是外面棕樹被風吹動的聲音。

天一亮，她就被帶出去。受到這次打擊，小女兒傷心的跑到外面的草地，坐下來哭泣。

不久，她突然想到月亮給她的蛋，就拿出來敲破。

頓時，有一隻母雞和十二隻金色小雞跑了出來。小雞吱吱叫著跑來跑去，有的躲進母雞的翅膀下。小女兒從沒有看過這麼可愛的小動物，就站起來追趕小雞。

這時候，新娘正好站在窗邊看到了，她非常喜歡小雞，立刻叫人下來問她小雞是不是要賣。

小女兒說：「讓我在新郎的房間睡上一晚，我就送給她。」新娘再次答應了，打算像上次那樣讓王子昏睡不醒。

可是，王子睡前問隨從：「昨夜吱吱喳喳的是什麼聲音啊？」隨從據實相告，並把今晚公主交代要再讓王子服用安眠藥的事情也說了出來。王子聽了說：「那把安眠藥丟掉吧！」

原來這個城堡的國王會施魔法，王子怕天亮後會受害，就在半夜帶著愛妻，坐在怪鳥格萊弗背上越過紅海。怪鳥載著他們飛到海中央時，小女兒把核桃丟下去，海底立刻長出了一棵核桃樹。格萊弗停在樹上休息了一會兒，就送兩人回家。

回到家中，他們的孩子跑出來迎接，一家人從此過著幸福快樂的生活了。

天真無敵

狼和狐狸

狼以前是和狐狸住在一起的，而且狐狸比較軟弱，狼就隨心所欲的使喚牠。因此，狐狸一直都在找機會要離開這個主人。

有一次，牠們一起經過一座大森林，狼說：「紅狐狸，去找點食物來給我，不然我就把你吃掉。」

狐狸回答說：「離這裡不遠，有一個農夫養了好幾隻小羊。如果你想吃，我可以去抓一隻來。」

狼覺得這主意不錯，便和狐狸來到農場。狐狸溜進去偷了一隻小羊交給狼，自己很快離開了。狼吃下那隻小羊覺得不過癮，還想再吃，於是自己跑去偷。可是，牠的手腳沒有狐狸靈巧，馬上被母羊發現了，母羊便「咩咩」驚叫起來。農夫聽到了立刻跑出來，把狼狠狠的打了一頓，腳也都打瘸了。

狼跛著腳找到狐狸，說：「好傢伙！你不告而別，害得我要去抓小羊兒卻被農夫逮住，差點被打死。」

狐狸卻說：「誰叫你那麼貪吃啊！」

第二天，牠們來到田野，和昨天一樣，狼又叫狐狸去尋找食物，不然就要吃掉牠。

狐狸回答說：「我知道有戶農家的太太今晚要煎烤餅，我去偷來給你吃好了。」

牠們來到農舍，狐狸圍著房子躡手躡腳的轉了一圈。首先，牠從窗口窺視屋內的情形，然後用鼻子猛嗅，終於聞到了香味。於是，悄悄跑進去偷了六塊大餅，帶回去給狼後，就走開了。

狼轉眼就吃完大餅，但還想要再吃，就親自到農夫家，從桌上把餅連盤子一起拉下來。結果盤子掉在地上砸個粉碎，聲音驚動了農夫的太太。農夫的太太看到狼，連忙大聲呼喊。於是，屋裡的人都跑出來合力打狼，直打得狼拖著兩條瘸了的腿，哀號著逃回了森林。

牠吼叫著對狐狸說：「你這傢伙把我害慘了！差點我的皮就被農夫們打爛！」

狐狸回答說：「那是因為你太貪吃了！」

第三天，狼的腿傷才稍稍好一點，牠又對狐狸說：「紅狐狸啊，去找點食物來吧！否則我就把你吃掉。」

狐狸說：「我知道有個人今天正好殺了一頭牛，剛醃好的牛肉放在地窖裡，我去偷來給你吃吧。」

狼說：「我跟著你一起去，如果我走不動了，你可要幫我一把啊！」狐狸說：「那就走吧！」

然後就帶狼穿過幾條路，來到一個地窖裡。

地窖裡面果真有很多肉，狼馬上撲上去，大口大口的吃。牠一面吃，一面想要多久時間才能把肉吃完。狐狸則不一樣，牠雖然也在吃肉，但卻一直注意四周的動靜，並且好幾次走到牠們進來的洞口，看看是不是還鑽得出去。

狼責問的說：「欸，紅狐狸啊，你為什麼進進出出、跑來跑去呢？」

狐狸說：「我得看看是不是有人來了。不要吃太多喔！」

狼回答說：「我一定要吃光所有的肉。」

才說完這話，聽到地窖裡發出騷動聲的農夫跑來了。狐狸看到情形不妙，立刻跳出去。狼也想跟著逃走，但是牠的肚子吃得鼓鼓的，在洞口卡得牢牢鑽不出去了。就這樣，狼被手持棍棒的農夫活活打死。逃進森林裡的狐狸很高興終於可以脫離貪吃的狼。

老祖父和孫子

很久以前，有一位年紀很大的人，他的眼睛看不清楚，耳朵聽不到，膝蓋也會發抖。吃飯的時候，總是會拿不穩調羹，時常把湯抖落在餐桌上；吃進嘴裡的食物，又多多少少會從嘴角裡掉出來。因此，兒子和媳婦都很討厭他，最後就讓他自己一個人坐在火爐後面的角落，用粗糙的陶盆盛食物給他吃，而且食物的分量只有一點

點，老人無可奈何，經常淚汪汪的看著餐桌。

有一天，他因為手發抖握不住盆子，而掉落地上摔破了，兒媳婦看到，嘮叨了大半天，老人一句話也不敢說，只是暗自嘆氣。後來，兒媳婦就用兩三枚銅幣買來一個木盆子盛食物給他吃。

過不了多久，有一天當兩夫婦坐在一起閒聊時，看見他們四歲的小兒子在地上撿木片。父親問：「你撿那東西做什麼？」

小孩回答說：「我要做一個碗，將來長大後可以用它裝東西給爸爸媽媽吃啊！」兩夫妻聽了，互相看了看對方，隨後忍不住流下慚愧的眼淚。從那天起，他們每餐都請老爸到餐桌上一起用餐，即使老爸把湯抖落在桌上，他們也不再說話了。

旅行

從前有一個很窮的女人，她有一個兒子很想到外面去旅行，母親就對他說：「家裡一毛錢也沒有，你怎麼能到外面旅行呢？」

兒子說：「我自己會想辦法的，只要經常說『不多、不多、不多！』就可以了。」

兒子啟程了，走在路上嘴裡一直說：「不多、不多、不多！」

不久，他看到幾個漁夫在打魚，他走到漁夫身邊說：「願神幫助你們。不多、不多、不多！」

漁夫們非常生氣的說：「你這個傢伙，在胡扯什麼？怎麼可以說『不多、不多、不多！』呢？」

漁夫們拉起魚網，一看，魚網中的魚果然不多。於是，其中一個漁夫，就拿著棍子走向年輕人，說：「你真該打！」

說完就一棍打過去。

年輕人問：「那我應該說什麼呢？」

漁夫回答說：「你應該說『多抓一點、多抓一點！』才對。」

於是，他就一面走，一面說：「多抓一點、多抓一點！」

後來，他來到了絞首臺，當時有一個犯人被抓到，正要處死刑，他就說：「早啊！多抓一點、多抓一點！」

有人對他說：「你這個傢伙，胡說什麼？怎麼能說『多抓一點、多抓一點！』呢？難道這個世界上應該有更多的壞人嗎？你以為壞人還不夠多嗎？」

於是，他又被狠狠的打了一頓。

年輕人問：「那我應該說什麼呢？」

「應該說『神啊，安慰可憐的靈魂吧！』，這樣才對。」

年輕人繼續往前走，嘴裡說著「神啊，安慰可憐的靈魂吧」。

後來，他來到一條大水溝旁，那裡站著一個人。

他對正在剝馬皮的年輕人說：「早安，神啊！安慰可憐的靈魂吧！」

「混帳東西，你在亂說什麼？」

剝馬皮的人用剝皮的鉤子，打他的臉頰，年輕人眼冒金星，差一點暈過去了。

年輕人問：「那我應該說什麼呢？」

剝馬皮的人說：「你應該說『這屍體滾到溝裡去吧！』，這樣才對。」

於是他繼續往前走，嘴裡一直說：「這屍體滾到溝裡去吧！」

當他遇到一輛載著很多人的馬車，經過他身旁時，他就說：

「早啊！這屍體滾到溝裡去吧！」

馬車果然滾到水溝裡去了，於是，馬車夫用鞭子把他打得半死，年輕人回到母親那裡，從此以後，他再也不敢出外旅行了。

泉水旁邊看守鵝群的女孩

從前有一個老婆婆，她和一群鵝住在山嶺之間的荒野裡，荒野的四周環繞著一片大森林。

每天清晨，老婆婆都要拄著拐杖，顛顛簸簸的走到森林中去。她在那兒不停的忙著，別人是無法相信她這麼大的年紀了還能做這麼多事：她會替自己的鵝摘野草，順手也會摘些野果，再把所有的這些東西都背回家去。一天下來，摘到的東西常壓得她喘不過氣，但她總能將它們全部扛回去。

路上，如果她碰到別人，她都會十分和藹的向他打招呼，再發牢騷似的說：「看到我扛這麼多東西，也許你會笑我不自量力。其實，每個人都要盡力工作，挑起應該挑的擔子！」不過，人們並不喜歡聽她說話，寧可繞遠路也不願意遇見她。

有一天，一位父親和他的兒子來到森林裡，從老婆婆身邊經過時，他悄悄的對兒子說：「這個老婆婆像巫婆那樣狡猾，你要小心喔。」

另一天的早晨，陽光明媚，一個英俊的年輕人在林中漫步。陣陣涼風輕拂著樹葉，森林裡除了唧唧啾啾叫的鳥兒，沒有半個人影。當年輕人心情正舒暢走著時，突然發現老婆婆正彎著腰用鐮刀在割草。她已經割了一大捆草，她的身旁還放著兩個裝滿了野梨和蘋果的籃子。

年輕人問：「老婆婆，你的收穫可真不少啊！可是，你扛得動這麼多東西嗎？」

「當然扛得動！」老婆婆接著說：「有錢人家的少爺，可能不習慣做這種粗活兒。不過，人是不能遊手好閒的！我並非天生就駝背啊。」

年輕人一聲不響的站著，老婆婆抬頭看看他，便問他說：「你願意幫幫我嗎？你的背挺得很，腳力一定也不錯，幹這個並不難。再說我家離這兒並不太遠，就在這座山後面的荒野上，很快就能走到。」

年輕人這時對老婆婆充滿了同情，回答說：「雖然我的父親不是農民而是一位富有的伯爵，可是為了讓你看看並不是只有農民才能幹重

活兒，我願意幫你把這些東西背回去。」

老婆婆高興的說：「啊，太好了！我家離這裡有一小時的路程，對你來說，應該不成問題！對了，旁邊這兩籃蘋果和梨子，你也一起提吧！」

年輕的伯爵聽說要走上一小時的路，變得有些猶豫了。可是，老婆婆並不放過他，而是馬上把草捆綁在他背上，再把兩個籃子吊在他兩邊的手臂上。接著她說：「我說的沒錯，這不是挺輕鬆的嗎？」

年輕伯爵皺著眉頭答說：「不，並不輕鬆！這些草捆在背上，好像裡面裝滿了大石頭。兩個籃子裡的水果跟鐵球一樣重，我都快被壓得喘不過氣來了！」他很想把東西全都放下來，可是老婆婆不答應。

她嘲諷的說：「瞧，你這位年輕的先生，連我這個老太婆經常搬的東西都搬不動。你說起漂亮話來倒是滿厲害的，真要幹起活來的時候卻想逃之夭夭，真是不像話！」老婆婆又催促說：「快走吧，抬腿！抬腿！別發呆嘍！」

年輕人只得咬緊牙根向前走，可是當他們走到上坡，被他踩到的石頭紛紛往下滾，他就吃不消了。只見他不僅額頭上冒出豆大的汗珠，身上也是汗流浹背的，身體忽冷忽熱。年輕人說：「老婆婆，我走不動了，請讓我休息吧！」

老太婆回答說：「不行！到我家你才可以好好休息，現在一步也不能停！這樣對你會有好處的。」

「老婆婆，你真沒良心！」小伯爵說著，便想放下背上的草捆，可是那個袋子好像生了根似的，緊貼在他背上。他急得轉過來，又轉過去，可是怎麼也卸不下來。

看到這個情形，老太婆高興得哈哈大笑，在那兒拄著拐杖亂蹦亂跳，說：「瞧你的臉紅得像雞冠！忍耐點吧，好好把東西扛到我家，我會重重答謝你的！」

年輕人無可奈何，只好認命，爬行似的跟著老婆婆身後向前走。老婆婆的身體好像變得很輕盈，越走越快，而年輕人的負重好像越來越重。突然間，老婆婆往上一跳，跳到年輕人背上的草捆上坐了下來。雖然她骨瘦如柴，對疲憊不堪的年輕人來說，比背超胖的農家女還要重。

他兩腳發抖，支撐不住停了下來，老婆婆便會用樹枝抽打他的腿。迫不得已，他就這麼氣喘吁吁的，爬過最後一座山，終於到達了老婆婆的家。

門前的鵝群一看見老婆婆，便豎起牠們的翅膀，伸長脖子嘎嘎嘎的朝她跑了過來。一個年紀不小、身材高大的醜女人，拿著一根棍子，跟在那群鵝的後面走了過來，很擔心的問老婆婆：「媽，你今天怎麼去了那麼久，是不是發生什麼事了？」

「不，我的女兒，我沒遇到什麼壞事，恰恰相反，碰到這位好心的先生幫我把東西背回來了。我走累了，他還連我也一起背了上來。這段路根本不算遠，我們一路上非常高興，說說笑笑的耽誤了一點時間。」

老婆婆說完話，從年輕人背上跳了下來，接過他手臂上的籃子，再幫他卸下背上的草捆後，非常和藹的看著他說：「現在你坐到門口的長凳上去好好休息一下吧。剛才你很辛苦幫忙我，我會好好答謝你的。」

然後她對著看守鵝群的女人說：「女兒，你進屋去吧！孤男寡女在一起不適當，萬一他喜歡上你，可不大好！」

年輕伯爵聽了哭笑不得，心想：「像她這種女人，再年輕三十歲，我也不會喜歡。」

這時，那老婆婆像是撫摸自己的孩子般，撫摸著她的鵝群，然後和醜女人一起進屋去了。

於是，年輕人便在野蘋果樹下的一條長凳上躺了下來。山上的空氣清新宜人，周圍是一大片綠色的草地，草地上開滿了櫻草、野麝香和各色各樣的花；一條清清的小溪從草地間流過，陽光照映水面波光粼粼；那些白色的鵝，有的在水中漫步，有的正在嬉戲玩耍。

「這兒的景色可真美啊！」

年輕人躺在門前的長凳上自言自語著：「可惜我累得連眼皮都抬不起來了，我要先睡一下才可以。但可千萬別起風啊，因為風一定會把我這雙軟得像棉毛似的腿給吹跑的……」

經過一會兒，老婆婆走過來把他搖醒說：「起來、起來，你不能留在這兒。沒錯，這次我讓你嘗盡苦頭，可是你不還是活得好好的嗎？現在，還是讓我來好好報答你。金銀財寶你不需要，所以我要送你財富以外的東西。」

老婆婆說完，就給年輕人一個翠綠色的小盒子，接著又說：「好好保管它，它會給你帶來幸福的。」

年輕人接過小盒子，一躍而起，向老婆婆道聲謝，頭也不回的走了。身後傳來鵝群陣陣的叫聲，走了好長一段路，還聽得很清楚。

年輕人在森林裡徘徊了三天才找到出去的路。後來，他走進一座城堡，城裡的人沒有一個認識他，以為他是壞人便把他送進王宮裡。

來到王宮前，只見國王和他的王后正端坐在高高的寶座上。年輕人想起了老婆婆給他的小盒子，拿出來獻給國王，說：「我因迷路進入貴國，願以這小盒子贖罪！」

國王接過手，交給身旁的王后，只見那王后還沒等打開小盒子就昏倒在地。一旁的侍衛上來揪住年輕人，準備抓他入牢房時，王后剛好清醒了過來，喝令所有的人都退下，她要單獨和年輕人談話。

眾人退下之後，只見王后傷心的哭了起來：「我貴為王后，卻一點也不快樂！每天除了睡覺的時間，我無時無刻都在擔憂。我本來有三個女兒，其中最小的那個女兒最美麗，大家都說她美得像個天仙——她的皮膚像雪一樣白；她的臉蛋像蘋果那樣紅潤；一頭金髮像陽光一樣燦爛；她哭泣的時候，從眼睛裡流下來的眼淚，是一顆顆晶瑩亮麗的珍珠。

她十五歲那年，國王召見她們三姊妹，那時的小女兒，猶如剛升上地平線的初陽，光彩照人！她一走進來，整個王宮增輝不少，如果當時你也在場，一定也會驚為天人。

三個女兒到齊時，國王問她們說：『孩子們，我不知道自己什麼時候會離你們而去，所以我要在還活著的時候，分配好你們每一個人在我死後能得到些什麼。你們三個都很愛我，但總有深淺之分，我要把最好的東西給愛我最深的人。」

三個女兒都說自己最愛父王，於是國王就請她們各自說出愛的程度。

大女兒說：『我愛父王，猶如愛我最喜歡的蜜糖。』

二女兒說：『我愛父王，就像愛我最喜歡的漂亮衣服。』

可是，最小的女兒卻沉默不語，國王便問她：『你呢？你怎麼不說話，難道你不愛我嗎？』

『我不知道！因為沒有任何東西能夠比擬我對父王的愛。』小女兒這樣答，但是國王卻堅持要她說，於是她終於說：『最好的菜如果不加鹽，吃起來並不可口。所以我愛父王，就像愛鹽一樣。』

國王聽了非常生氣的說：『既然你像愛鹽一樣愛我，那我就用鹽來回報你對我的愛好了。』

於是，他把自己的王國分給了兩個大女兒，卻讓侍從將一袋鹽捆在小女兒身上，命令他們把她帶到荒無人煙的大森林裡去，不讓她回來。那時我們所有的人都請求國王原諒小公主，可是國王並不答應。」

王后哭著繼續說：「我那可愛又可憐的小女兒被帶出王宮時，哭得那麼傷心，整條路上都灑滿了她的珍珠眼淚。過沒多久，國王因自己這麼嚴厲的懲罰了小女兒而深感後悔，便派人到森林中去尋找那可憐的孩子，可是找遍了整個大森林，還是沒有找到她的蹤影。後來我只要一想到她有可能被野獸吃掉了，我的心就開始絞痛起來。有時我又安慰自己，她或許還活著，可能是藏在哪一個山洞裡面，還是被什麼好心人給收養了。」

王后指著翠綠色盒子接著說：「當我打開這個盒子，看見裡面的珍珠和小女兒流下來的珍珠眼淚一模一樣，心情激動得無法形容。年輕人，請你老實的告訴我，這些珍珠你是在哪裡得到的？」

於是，年輕伯爵便把自己在森林裡遇到老婆婆，以及老婆婆如何給他盒子的經過告訴了王后，但公主的事他並不知道。國王和王后聽了之後，便決定親自去森林裡尋找老婆婆來打聽公主的下落。

我們現在把故事轉到森林那邊。

那個老婆婆這時正坐在家裡的紡紗車旁邊，忙著紡紗織布。此時天已經黑了下來，她腳邊的爐子裡燃燒著的一塊木炭正發出了微弱的光亮。這時，從遠處突然傳來一陣「嘎嘎嘎」的聲音，原來是她的鵝群從草地上回來了，然後，看鵝的醜女人推開門進來。

老婆婆什麼話也沒說，女兒進來後從她手中接過紡錘，動作十分靈巧的紡起線來。她們就這樣默默的工作兩個小時，沒有說一句話。

後來，她們聽到有什麼東西在窗外叫著，接著看到有兩隻眼睛在忽閃忽現的往裡頭看著。原來是一隻老貓頭鷹在「咕咕咕」的叫著。老婆婆知道那是貓頭鷹，因為每晚的這個時候，牠都會出現。於是老婆婆抬起頭來，說：「女兒，出外的時間到了，去做你自己的事吧！」。

於是，醜女人便走了出去。

只見她穿過草地，然後繼續走下山谷，最後她來到了三棵老橡樹旁的泉水邊。這時，銀盤似的月亮高懸在山頭，皎潔的月光照映著山谷，一切都是那麼明亮，彷彿針掉在地上也能找到。

醜女人摘掉黏在臉上的面皮，蹲下去向著明鏡般的水泉洗臉。洗完臉後，她把那張面皮也拿進水邊清洗乾淨，然後站起來，在月光下讓風吹乾自己的臉和面皮。

你絕對想像不到這個月光下的醜女人變成什麼樣子！只見她那頭花白的假辮子掉了下來，一頭金髮就像陽光一樣披散在肩頭，彷彿像一件斗篷似的裹住了她的身體；兩隻眼睛像夜空中的星星一樣晶瑩閃爍；白裡透紅的臉頰，像蘋果花那樣的可愛。

可是，美麗的女孩看起來並不快樂，她坐在地上，傷心的哭了起來，淚珠一顆顆的落到披散的頭髮之間。她就這樣坐了很久，突然，樹叢中發出一陣聲響，她像是一頭聽到獵人槍聲的小鹿般趕緊從地上一躍而起。女孩重新戴上了面皮和假髮，匆匆的跑回去。這時的天空，月亮被一團星雲遮住了。

站在小屋門口的老婆婆不等她開口，就微笑著說：「我已經全知道了。」

然後和女孩走進屋裡，在火爐裡再加上了一塊木頭，可是老婆婆並沒有坐下來紡紗，而是拿起掃帚開始打掃屋子，邊掃還邊說：「一切都要弄得乾乾淨淨的才行。」

女孩不解的問：「媽，這麼晚了，你為什麼要掃地呢？」

「你知道現在是幾點鐘嗎？」

「還沒到午夜，但已經過了十一點了。」

「你不記得了嗎？你就是三年前的今天到我這兒來的呀！」

老太婆繼續說道：「已經滿三年了，今後我們不能在一起了！」

女孩心慌的問：「媽媽，難道你要趕我走嗎？我無家可歸，也沒有親戚朋友，你叫我去哪裡呢？」接著又要求說：「我一直都很聽你的話，你也很喜歡我啊！請不要趕走我吧！」

老婆婆不願正面回答，只說：「我不能再待在這裡了。在我離開之前，一定要把屋子打掃乾淨！所以你不要妨礙我幹活。你也不用擔心，你會找到地方住。而且我要答謝你的禮物，你也會滿意的。」

「可是媽媽請你告訴我，到底會發生什麼事呢？」女孩繼續追問。

「我再說一次，不要妨礙我幹活，也不要多問了。回你的房間去，把臉上的面皮摘下來，再換上你當初來我這時穿的那件絲綢衣服，等聽到我叫你的時候再出來。」

故事說到這裡，我們再回過來看看國王與王后。

話說國王與王后隨著年輕伯爵進入森林尋找老婆婆。到了晚上，年輕伯爵跟丟了隊伍，只好一個人繼續往前走。當他累了，他爬到樹頭上去準備在那兒過夜。

月光下，他看見一個人從山上走了下來，雖然這人的手裡沒有拿棍子，但他卻一眼認出這個人就是老婆婆家中那個看守鵝群的女人。

「對了，跟蹤她就可以找到老婆婆啊！」年輕伯爵在心中做了這個決定，坐在樹上等著。

女人越走越近，到了泉水旁邊，先摘下面皮，才蹲下去洗臉。從她頭頂散落的一頭金髮披散在肩上時，發出閃耀的光芒，年輕伯爵看得目瞪口呆，因為他一生沒見過那麼美麗的女人。

也許是因為他看得太專注而身體太往前傾，或是什麼別的原因，一時失神的年輕伯爵弄斷了樹枝。聽到樹枝斷裂的聲響，只見女人飛快的戴上面皮和假髮，像小鹿似的跳了起來，逃命般的消失了。

年輕伯爵趕緊從樹上跳了下來，隨後追去。過沒多久，他看見夜色中有兩個人影穿過草地便快步追去，才發現是國王和王后。原來他們遠遠的看見了老婆婆屋裡的亮光，便朝著光的方向走了過來。

這時，年輕伯爵把他在泉水邊見到的怪事告訴了他們，國王和王后都說那一定是小公主。於是三個人懷著信心繼續前進。

只見小屋前那些鵝蹲成一圈，都把頭塞進牠們的翅膀裡在睡覺著。他們三個人朝窗戶裡看去，只見老婆婆一個人，靜靜的在紡紗。屋子裡打掃得乾乾淨淨，彷彿這兒住的全都是些腳上不會黏上灰塵的小精靈般。國王等在屋外站了一會兒，並沒有看到小公主。

於是鼓起勇氣，輕輕的敲了敲窗門。

老婆婆好像在等待他們似的，立刻站起來把門打開，和藹的說：

「請進！我知道你們今天會來。」

三個人進入屋子後，老婆婆又說：「要不是你們三年前狠心把可愛的公主趕出來，今天也不必走這麼遠的路來尋找她。三年來，公主都在這裡幫我照顧鵝群，她不但毫髮無損，心地也像原來那樣純潔。至於你們呢，因為做錯了事，終日焦慮不安！」

說完，老婆婆朝著關閉著的門叫道：「出來吧！孩子。」

房門很快就打開，公主穿著絲綢衣服，慢慢走出來。她披著一頭亮麗的金髮，閃爍著一對明亮的大眼睛，就好像剛從天國下來的天使一樣。

她朝著自己的父母走去，摟住他們互相親吻後，三個人都流下高興的眼淚。

年輕伯爵站在旁邊看著，當他的視線和公主的視線相碰時，公主的臉紅得像是原野上那羞答答綻開著的玫瑰。

這時，國王無限愧疚的對公主說：「親愛的孩子，我已經把王國分給你的兩位姊姊了，再也沒有好東西可以送給你。」

老婆婆替公主回答道：「她什麼都不需要。三年來，公主思念你們流下了許多眼淚，每一顆都比海底的珍珠漂亮。這些價值遠勝過你的王國！我會把它們全部還給公主。她為我工作了三年，我要把這間小屋當作謝禮送給她。」

說話的聲音剛結束，老婆婆便在他們面前消失了。這個時候，四周的牆壁發出喀噠喀噠的聲響，大家轉頭回神一看，才發現小屋已變成了一座華麗的宮殿，餐桌上擺滿了山珍海味，還有許多僕人正走進走出忙著上菜，一副很忙碌的樣子！

故事說到這兒還沒完，但因為當初給我講這個故事的奶奶，年紀大了，後面的那一段已經忘了。但我想，美麗的公主一定是嫁給了年輕英俊的伯爵，然後他們就一起住在小屋變的宮殿裡面，一生過著幸福快樂的日子！那群公主曾經照顧過的白鵝，可能是老婆婆所收容的其他女孩變的，她們現在有沒有恢復人形，留下來伺候公主呢？我不知道，不過我想，應該是這樣才對。

但是有一點是確信無疑的，那就是那個老婆婆她才不是人們所說的老巫婆，而是一位富有仁慈心而且智慧很高的人，並且讓公主一生下來，哭出來的就不是眼淚，而是一顆顆的珍珠淚，可能也是老婆婆的安排唷。

鼷鼠、小鳥與香腸

從前，有一隻鼷鼠、一隻小鳥和一根香腸住在一個家裡，它們相處得非常好，大家分工合作，生活充滿了幸福與快樂。

在家中，它們分別負責不同的工作——小鳥每天飛到森林裡去叼木柴回來；鼷鼠得挑水、生火和準備餐具；香腸則負責做飯，準

備每天的料理。由於它們分配到的工作都是自己的專長，因此生活過得越來越舒服與愜意。

也許是這種生活太平淡了，小鳥覺得一點新鮮感都沒有，很想改變一下目前的生活方式。

有一天，牠在外面遇到另一隻鳥，牠便向對方炫耀自己的生活過得非常幸福。沒想到，那隻鳥一點也不羨慕，還嘲笑牠是個可憐的傻瓜。牠說：「你的同伴每天都在家享福，只有你得出外奔波，實在太不公平了！」

真是一語驚醒夢中人，小鳥開始思索想：「欸，是啊！我怎麼沒想到呢？鼷鼠每天只負責挑水、生火和準備餐具，根本花不了多少時間；香腸也不過是坐在鍋子邊，等食物煮熟了，要吃飯時再跳進湯裡浸泡幾次，增加菜的味道，然後就可以坐下來享受大餐，是多麼輕鬆啊！只有我每天像個僕人似的，到森林裡做苦工，每天都一成不變，實在太無趣了！」

小鳥認為自己被利用了，因此堅決要換工作。雖然兩位同伴一再的請求，跟牠說這樣分配工作最好了，但仍無法改變小鳥的心意，最後只好用抽籤的方式來重新分配工作。結果分配到搬木柴的是香腸；鼷鼠負責料理三餐；小鳥是挑水、生火和準備餐具。

工作調換完畢了，大家便開始分頭進行，一切似乎都很順利。

香腸出發到森林裡去了，小鳥生起火，鼷鼠架好鍋子，在家的兩人就等香腸帶來明天要用的木柴。

可是過了很久，香腸一直沒有回來，牠們擔心是不是出事了，小鳥就馬上飛了出去尋找香腸。

結果，牠在家裡附近的路上，看見香腸已經被狗吃掉了一半，小鳥生氣的大罵這隻狗是土匪。然而，狗兄卻振振有辭的說，因為牠發現香腸從事的工作與它的外表不符合，認為它是偽裝的間諜，所以才把它咬死的。反正現在說什麼都沒用了，香腸再也活不過來了。

小鳥非常傷心的叼起香腸撿好的木柴回到家裡，把自己所看到和聽到的都告訴了鼷鼠。鼷鼠也難過得眼淚直流。牠們失去了一位好伙伴，內心都很悲傷，彼此都承諾著，以後要同心協力，好好的在一起生活。

接著，小鳥就開始準備餐具。鼷鼠也模仿香腸平日的動作，跳進湯裡去調味。但是，牠一跳進去，全身的毛皮都給燙得脫下來，就這樣被燙死了。

當小鳥想端飯走進廚房時，發現鼷鼠不見了，連忙叫喚尋找，接著把木柴翻來翻去扔得到處都是。倉皇中，火苗也掉到木柴堆上，木柴熊熊燃燒了起來。小鳥飛快的跑到井邊去挑水，但匆忙間失手把木桶掉到井裡面去，自己也跟著掉下去。

看來，牠的結局只有溺死，一個好端端的家就這樣消失了。

墳墓中的可憐男孩

從前，有一個牧羊童，父母去世後，無依無靠，村中的長老請一個有錢的農夫收養他，直到他長大；收養期間，男孩要為農夫工作。

有錢的農夫口頭上答應，心裡卻不高興！因為他和太太都很吝嗇，連一片麵包都不肯施捨給窮人，這個可憐的男孩無論如何賣力工

作，得到的只是一點充飢的食物；相反的，挨的打卻很多。

有一天，男孩奉命在院子裡看守雞群。但母雞卻帶著小雞從籬笆下挖洞走了出去，這時一隻老鷹突然俯衝而下，把母雞叼上了空中。

男孩看了，大聲喊道：「強盜！強盜！小偷！」但有什麼用呢？老鷹可不會把到嘴的獵物還回去的。

有錢的農夫在屋裡聽到叫聲跑出來，發現母雞不見了非常生氣，把男孩狠狠的打了一頓，使他兩、三天都不能動。

接下來這男孩就得照顧好一群沒有母雞帶的小雞。這當然會更加困難，因為小雞總是到處亂跑。啊，男孩想了想，自作聰明，把所有的小雞用一根繩子綁在一塊，這樣老鷹就叼不走任何一隻了。但他這樣做實在是大錯特錯了。

後來的兩、三天中，他時時刻刻都跟在小雞後面跑，由於男孩沒有吃飽，加上體力過度消耗，終於累得跑不動，靠在籬笆上睡著了。

這時候，在空中盤旋的老鷹再度衝了下來，把一群小雞全叼走，然後停在樹上，把小雞一隻一隻吞進肚子裡。

農夫正好在這時候回來，看見這情形，氣得一邊大聲痛罵，一邊拿出皮鞭，往男孩身上猛抽。男孩挨過這次打，足足躺了一個星期。

當他又能走路時，老闆對他說：「你這沒用的東西，做什麼都不行，你就當跑腿好了。」

接著，他就讓男孩送一籃葡萄並帶著一封信，送到法官那裡。一路上男孩又飢又渴，非常難受，便私自偷吃了兩串葡萄。他把籃子帶到了法官那兒時，法官看了信後，數了數葡萄說：「怎麼少了兩串？」

男孩據實回答。法官沒有說什麼，也寫了一封信讓男孩帶回去，向農夫訂購同樣數量的葡萄。和上次一樣，農夫照樣派男孩把葡萄連同信一起送去，男孩在路上忍不住又吃了兩串。但這次他先把信從籃子裡取出來，放在一塊石頭下，然後坐在石頭上，以為這樣那封信就看不見他吃葡萄，也不會出賣他了。然而，法官仍然知道少了兩串葡萄。男孩驚訝的問道：「啊！你沒有看到信，怎麼會知道呢？我在吃葡萄之前就把它藏在石頭下了呀。」

法官看到男孩憨厚老實，不自覺笑了起來，就再寫一封信給農夫，要他好好照顧可憐的男孩，除了要供他足夠的食物，也要教會他辨別是非。

農夫看過法官的信，對男孩說：「好，我來教你分辨是非。所謂『是』，就是得幹活才有飯吃；所謂『非』呢，是做錯事或不認真工作就要挨打。」男孩點點頭不敢多問。

第二天，農夫給了男孩一個艱巨的任務，要他把兩捆乾的稻草切碎好好做成馬飼料。

農夫威脅他說：「五個小時內我就會回來，如果你到時還沒切好，當心你的狗腿被我打斷。」

有錢的農夫帶著妻子、僕人進城去，只給男孩留了一小塊麵包當午餐。

他們出門後，男孩坐在板凳上，開始拚命的幹起活來，一刻也不敢停留。當他漸漸感到身體熱起來時，便脫下了外衣扔在稻草上。因為想到切不完會挨揍，他就拚命的切，匆忙間也沒注意到，竟然把上衣連同稻草一起給切了。等到他發覺時，衣服已經碎成好幾片了。

「唉！這下我完了。冷酷無情的老闆說到做到，如果等他回來看見了，一定會打死我的。我還不如自己了斷自殺吧。」

這個時候，男孩想起了農夫的太太曾經說過，床下有一瓶東西是毒藥。但其實那裡面裝的是蜂蜜，老闆娘怕人家偷吃，故意這樣說的。男孩打定主意，爬到床下，拿出罐子，把那瓶蜂蜜一口喝光。

「喔，原來毒藥那麼甜！人們常說臨死前會很痛苦，但我嘗起來卻是甜甜的。哇，難怪老闆的太太常說想死！」男孩自言自語的說。

然後，他就坐在椅子上等死。但是經過很久，他非但沒有感到難過，相反的，由於吃了滋補的食物，比剛才更有精神了。

「那甜甜的東西一定不是毒藥。記得老闆說過，他有一瓶滅蚊蟲的毒藥，那肯定是真正的毒藥了，吃了肯定會死。」男孩在心裡這樣想。

其實，那也不是什麼滅蚊蟲的毒藥，而是匈牙利的葡萄酒。男孩拿出了那個瓶子，一口喝光裡面的液體，心想這下準死無疑了。一會兒，葡萄酒發生了效用，他心跳加快，全身輕飄飄的，以為死期到了。

「喔，這種死法也不錯！」男孩心裡想：「在死之前，我要到墳場去，找好葬身之地。」

男孩打定主意，跌跌撞撞的走到了墳場。那裡正好有一個人家剛挖好的墓穴，他就躺在裡面，慢慢的覺得失去了知覺。迷糊中，他聽到附近教堂有人舉行婚禮奏樂的聲音，以為自己到達了天國。

就這樣，這可憐的男孩眼睛再也沒睜開過了，灼熱的烈酒和夜晚寒冷的露水奪去了他的生命，躺進了自己進入的墓穴永遠起不來了。

當有錢的農夫聽到男孩死亡的消息，擔心會被帶上法庭審問，一時心急暈倒了過去。那時他的太太正在廚房煮一鍋滿滿的熱油，跑過來扶他，不幸火苗噴到油鍋裡，引起一場大火，燒光了他們家的房子。

後來，這對夫妻受到良心的責備和貧窮的煎熬，一生過著痛苦的生活。

鷦鷯與熊

某年夏天，有一隻熊和一隻狼在森林中散步。熊聽到鳥兒美妙的歌聲，就說：「狼兄，不知道是什麼鳥唱得那麼好聽啊？」狼說：「喔，那一定是眾鳥之王，我們要向牠行禮喔！」原來唱歌的鳥是鷦鷯，鷦鷯也叫做「牆頭上的王」，所以稱牠為王並不過分。

於是熊接著說：「既然牠是鳥王，我真想去參觀牠的宮殿。你帶我去吧！」

狼回答說：「不，現在不行，要等鳥王和王后回來了才能去。」

不久，鳥王和王后飛來，嘴上還叼著食物，牠們夫婦就一起餵小鳥。熊很想繞到後面去看，但被狼擋住。狼說：「不行啦，要等到鳥王和王后離開才能去看。」

於是，牠們在看到鳥巢的地方挖了一個小洞作記號，接著就各自離開了。走著走著，熊惦記著想看看那鳥王的宮殿到底有多華麗，過一會兒又折跑回來，正好看到鳥王和王后從巢裡飛出去。連忙走過去看，發現巢裡有五、六隻小鷦鷯。

熊對著小鷦們叫道：「真是胡扯！這就是鳥王的宮殿？太簡陋了，你們根本不配當王子，倒像一群小餓鬼！」

小鳥們生氣的說：「不，我們不是餓鬼，你這笨熊！我們的父母都很偉大。說這樣的話，牠們一定會找你這壞傢伙算帳的！」聽到這裡，熊有點害怕了，急忙跑回自己的洞穴躲起來。

一會兒鳥王和王后叼著食物回來了，小鷦鷯們呱呱叫著說：「我們餓死也不吃，連一隻蒼蠅的腿也不吃！除非你們說我們是偉人的小孩，不然餓死我們，我們也不吃！因為剛才有一隻熊取笑我們是餓鬼！」

鳥王說：「親愛的寶貝們，放心好了！我會替你們討回公道的。」

於是，鳥王和王后立刻飛到熊的洞穴前，大聲叫說：「笨熊，你膽敢取笑我的孩子們，真無恥！出來吧！我一定要你好看。」

熊為了對付鷦鷯，牠把牛、驢子、鹿和所有在地上四隻腳跑的動物都召集來商量對策。另一方面，鷦鷯也請來所有在空中飛翔的大小鳥類，連蚊子、虎頭蜂、蜜蜂、蒼蠅也全都請到了。

開戰前，鷦鷯先派偵察兵出去觀察敵方由誰當指揮。精明的蚊子接到命令後，飛到對方陣地的上空繞了一圈，停在一片樹葉下，偷聽敵人的作戰計畫。

牠看到熊在對狐狸說：「你是我們裡面最聰明的，由你來當指揮官，指揮我們作戰吧！」

狐狸答道：「好啊！但要先決定用什麼信號指揮才行。」經過好一會兒，大夥沒有半點回應。

狐狸又說：「來，大家看！我的尾巴又長又軟，看起來好像插滿紅羽毛，它能讓我們提高士氣。現在大家記住，當你們看到我豎起尾巴，表示我方占優勢，你們要一直前進；但要是我把尾巴往下垂，你們就要趕快逃跑。」在樹葉下的蚊子聽得很清楚，馬上飛回去報告。

終於要開戰了！天一亮，四隻腳的動物開始進攻。鷦鷯也率領大軍從空中飛過來。雙方逼近時，鷦鷯命令虎頭蜂飛去停在狐狸的尾巴下，用刺盡全力螫他。

狐狸突然被螫，顫動了一下，一隻腿抖了抖，但還是忍住痛豎直了尾巴。第二次被螫的時候，牠不得不將尾巴放下來一點點。第三次被螫時，牠終於忍耐不住，大叫一聲「啊」，急忙把尾巴夾在兩腿中間逃跑了。

後面的動物看到了，以為大事不妙，都紛紛逃回洞裡躲起來。

就這樣，鳥類戰勝了。

於是，凱旋歸來的鷦鷯——鳥王和王后飛回到巢裡對孩子們說：「我們打勝仗了，你們可以高高興興的吃了！」小鳥兒們卻說：「除非熊來向我們道歉，說我們的父母很偉大，我們都是聰明的孩子，不然我們照樣不吃。」

於是，鷦鷯就飛到熊的洞穴口大聲叫道：「笨熊，去向我的孩子們道歉吧！要稱讚牠們是聰明的孩子，不然我絕對不會饒了你。」

熊聽到嚇壞了，就爬著去向鷦鷯的孩子們道歉。鷦鷯的孩子們這才息怒，圍在一起快樂的吃喝了一頓。

聰明的耶魯莎

從前，有一個男人，他的女兒被人稱為「聰明的耶魯莎」。耶魯莎長大後，父親說：「我的女兒應該出嫁了。」

母親也說：「是啊！只要有人願意娶她，就把她嫁了吧！」

有一天，遠方來了一個名叫漢斯的男人，表明要娶他們的女兒，但是有一個條件，耶魯莎必須真的非常聰明。

父親說：「喔！這不用擔心，她的腦筋的確相當好。」

母親也說：「這個孩子啊！她甚至可以看到風怎樣在小路上吹，可以聽見蒼蠅的咳嗽聲。」

漢斯說：「真的嗎？如果她真的那麼聰明，我一定娶她。」

大家圍著桌子吃飯，然後母親就說：「耶魯莎到地下室去拿啤酒來！」

耶魯莎就從牆上取下水壺，走向地下室。一路上，她無聊的用手敲著水壺的蓋子，讓它砰砰的響著。到了地下室，她拿了一把小凳子，放在酒桶前面。這麼一來，她就不用蹲下身子，就不會背痛，也不必擔心意外受傷了。她把水壺放在面前，拿掉酒桶的塞子，當啤酒流入水壺時，她不想讓眼睛閒著，就抬頭望著牆壁，突然間，她發現水泥匠忘記帶走的十字鎬插在那邊。

於是，聰明的耶魯莎哭泣著說：「如果漢斯娶了我，我就會生孩子。孩子長大以後，叫他來地下室取啤酒，要是這個十字鎬剛好掉在他頭上，可能會把他打死。」

她就坐在那邊，為即將逼近的災難而悲傷，用盡全身的力氣大聲哭泣，雖然大家都在上面等啤酒，聰明的耶魯莎卻一直不上來。

母親便對女傭說：「你到地下室去看看，耶魯莎在那裡做什麼？」

女傭到地下室一看，發現耶魯莎坐在啤酒桶前大聲哭泣。女傭問：「耶魯莎，你哭什麼呢？」

耶魯莎回答說：「我怎能不哭呢？如果漢斯娶了我，我就會先生孩子，孩子長大以後，叫他來地下室取啤酒，要是十字鎬剛好就掉在他的頭上，很可能會把他打死。」

「哇，耶魯莎，你真是聰明！」

於是，她也坐在耶魯莎身旁，跟著大哭起來。過了好一會，女傭一直沒上來，上面的人都很口渴，很想喝啤酒。

父親便對母親說：「你到地下室去看看，究竟耶魯莎在那裡做什麼？」

母親到了地下室，一看，聰明的耶魯莎和女傭坐在一起，兩個人嚎啕大哭，好奇的問原因。

耶魯莎說：「我怎麼能不哭呢？如果漢斯娶了我，我就會先生孩子，孩子長大以後，叫他來地下室取啤酒，要是十字鎬剛好就掉在他的頭上，很可能會把他打死。」

母親聽了，說：「耶魯莎，你真是聰明。」

於是，她也坐下來，跟著哭起來了。父親等了一會兒，不見母親回來，喉嚨實在渴得要命，便說：「我自己到地下室去看看好了，究竟耶魯莎在那裡做什麼？」

他到了地下室，看到大家都坐在那裡哭泣，父親驚訝的問：「你們在哭什麼呢？」

「我怎麼能不哭呢？如果漢斯娶了我，我就會先生孩子，孩子長大以後，叫他來地下室取啤酒，要是十字鎬剛好就掉在他的頭上，很可能會把他打死。」

父親聽了，叫道：「耶魯莎，你真是聰明！」

於是，他也坐在一旁哭了。未來的女婿獨自在上面，等了很久，都沒有人從地下室上來。他心裡想：「大家可能都在地下室等，我還是下去看看，究竟他們在那裡做什麼吧？」

漢斯到了地下室，看到大家都坐在那嚎啕大哭，非常淒慘，他問：「欸！究竟發生了什麼大災難了嗎？」

耶魯莎說：「漢斯先生！如果我們結了婚，有了孩子，將來他長大後，也許會叫他來這裡取啤酒，那時，要是十字鎬剛好就掉在他的頭上，很可能會打破孩子的頭，他就會死在那裡。這樣，我怎能不哭呢？」

漢斯聽了，說：「要掌理我們的家庭，其實用不著那麼高的智慧。耶魯莎，你真是聰明極了！我要娶你！」

於是，漢斯拉著耶魯莎走出地下室，舉行婚禮。婚後不久，漢斯對耶魯莎說：「太太，我要出去工作賺錢了，你就到麥田去收割麥子來做麵包吧！」

耶魯莎說：「好的，我會照你的話去做。」

漢斯出門以後，耶魯莎煮了可口的稀飯，準備送到田裡。等她到了田裡的時候，自言自語的說：「我到底應該先做什麼好呢？先收割麥子呢？還是先吃稀飯？嗯，對了！我還是先吃吧！」

於是，她就把稀飯全部吃掉，肚子裝飽了。她又說：「現在我應該先做什麼呢？先收割麥子呢？還是先睡覺？對了！我還是先睡覺吧！」

於是，她就躺在麥田裡睡著了。漢斯老早就回到家裡，可是耶魯莎沒有回來。漢斯便說：「聰明的耶魯莎！她只顧工作，也不回來吃飯。」

後來，實在等得太久了，天色漸漸暗下來，漢斯只好出門去看她究竟割了多少麥子。來到麥田一看，麥子還是好好的，而耶魯莎卻在麥田裡呼呼大睡。

漢斯很快的跑回家，拿來了一個綁上許多鈴鐺的網子，覆蓋在耶魯莎身上，耶魯莎睡得很熟，一點也不知道。漢斯又跑回家裡，把大門上了鎖，然後坐在椅子上工作。

黑夜來臨了，聰明的耶魯莎終於醒過來，她站起身，身上發出「叮噹！叮噹！」的聲音，每走一步就響一聲，弄得她搞不清楚自己究竟是不是真的聰明。她喃喃的說：「我到底是聰明，還是不聰明啊？」

對於這個問題，她不知道該怎麼回答，她站在田梗上，呆呆的想了一會兒。最後，她心裡想：「我還是回家去問問看自己聰不聰明好了，相信別人一定知道！」

於是，她跑到自己家的大門前，但門被緊緊鎖住。她便敲了敲窗戶，問：「漢斯！耶魯莎在不在家？」

漢斯回答：「嗯！耶魯莎在家裡。」

耶魯莎聽了，嚇了一大跳，說：「糟糕，我不是耶魯莎！」

她走到另一扇門前去敲門，但是，大家一聽到「叮噹叮噹」的鈴聲，都不願意開門。沒有一個人肯收留她，結果聰明的耶魯莎就跑到村子外面去，以後就沒有人看見她了。

神偷

有一天，一對農家的老夫妻忙完了家事，正坐在他們家的屋前休息，看見一輛豪華的四頭馬車遠遠奔馳而來。馬車在離老人的家還有一段距離的時候就停下來，接著從車上跳下一位穿著很講究的年輕人。老人連忙站起身來，走過去問他有什麼事情需要幫忙，可否為他效勞。

年輕人和老人握了握手，說：「我想嘗嘗農村的菜餚，如果你們肯在府上的飯桌上，招待我吃你們常常吃的家常菜，像是馬鈴薯等等，我會非常感激。」

老人笑笑著說：「你應該是伯爵或是公爵，可能更大喔！高貴的大人物吃膩了山珍海味，想換換口味也難怪。我叫我老伴快去準備。」

老太太聽到了，便走進廚房，把馬鈴薯洗乾淨，剁碎做成球。就在她料理的期間，老人對年輕人說：「我們暫時到庭院去，那兒我還有些活要做。」

他在庭院裡挖好了一個洞，正準備種樹。

年輕人問道：「咦，這種事可以叫你兒子做啊，你是不是沒有兒子？」

「目前沒有！老實說，以前倒是有一個兒子。可是，他很早就離家出走打天下去了。那沒出息的孩子很聰明，可惜不學好，從離開到現在，都沒有他的消息。」

老人嘆了一口氣，把一棵小樹種在剛挖好的洞裡，接著在樹旁插上了木樁子，然後用鏟子鏟土填滿了洞，再用腳踏實泥土；最後拿出一條繩子，把小樹綁在木樁子上。

「奇怪，那邊有一棵彎曲的樹都快垂地了，樹幹上又長了很多瘤，你為什麼不幫它綁上木樁子，讓它也能長直呢？」

老人笑著說：「先生，顯然你對種樹一竅不通吧！那棵樹老了，年歲已久，所以才有很多瘤；樹幹彎曲歪扭，是因為小時候沒有把它培植好，現在已經沒辦法使它變直啦！」

年輕人說：「那豈不是跟你的兒子一樣嗎？你的兒子小的時候，如果你好好教導他，他的思想就不會偏差，也不會離家出走。現在他可能跟那棵老樹一樣，全身都是瘤，而且歪扭不直吧！」

老人回答：「他離家那麼久了，誰知道變成什麼樣子！」

「如果你兒子出現在你面前，你還認得嗎？」

「面孔可能認不出來啦。但是看身上的記號就知道，他的肩膀上有一粒大豆般的胎記。」

等他說完，年輕人隨即脫下上衣，露出肩膀。

「啊！」老人看見他肩上的胎記，不禁驚叫起來，說：「你真的是我兒子嗎？」他從心底湧起一股親情，接著又說：「我不大敢相信，你是一位富貴高雅讓人尊敬的大老爺，怎麼可能是我兒子呢？」

「爸爸！小時候你沒有像培植小樹那樣，把我好好綁在椿子上，所以我才長不直。現在年紀已大，更不可能變直！你問我怎麼有辦法過富裕的生活，老實說，因為我當了小偷！但是，請不要驚慌，我是神偷，也是俠盜！對我來說世上沒有什麼鐵鎖或門閂，凡是讓我看上的東西，我想得到，便可得到。不過，我只對有錢人下手，從來沒有動過窮人的腦筋，而且還常常接濟窮人。總之，不必思考、不費力氣、不施巧計就能得到的東西，我連碰都不碰。」

「哎呀，孩子！我不贊成你幹這種勾當。無論偷的對象是誰，贓物作何用途，都是小偷，小偷最終會得到報應的！」

老人說完，帶著兒子來到母親面前。母親認出眼前的年輕人就是他們的兒子，高興得哭了起來；到了聽說兒子是個小偷，忍不住失聲痛哭。經過好一會兒才說：「畢竟你是我們的兒子，雖然當了小偷，我還是要好好看看你。」

於是，兩個老人就和兒子圍著餐桌坐下，吃他們平常吃的粗簡食物。這時父親開口說：「城主伯爵如果知道你是誰，以及你所做的偷竊勾當，他可不會像以前幫你洗禮時候那樣把你抱在懷裡疼愛，甚至他會把你送上絞刑臺的。」

「放心好了，爸爸！伯爵什麼也不知道。我有我的一套，他不會對我怎麼樣。今天晚上我就要去拜訪他。」

黃昏過後，自稱神偷的年輕人坐上馬車，來到了伯爵住的城堡。伯爵看見他的起名孩子這麼體面，招待他在大廳坐下，談話間聽說他目前的行業是小偷，伯爵的臉色「唰」的一下變了，一時竟說不出話來，經過了好一會兒才說：「你是我的起名孩子，基於這一點應該好好招待你，我不會對你無情無義的。既然你自誇是個神偷，我想試試你有沒有資格用這個稱號，如果你形跡敗露，那我就將你繩之以法！」

神偷答道：「伯爵，再難到手的東西我都能偷到。你可以提出三件事，如果我無法做到，任憑處置。」

伯爵想了一會兒說：「好！第一，你要偷走我關在馬廄裡的馬。第二，我和我太太在睡覺時，你要偷走我們床上的床單，但不可以驚醒我們；還有，我太太手上戴的結婚戒指，也要一併偷走。第三，要從教堂把牧師和管理教堂的人偷出來。這三件事，少一件沒做好，你都得坐牢。」

神偷承諾後從城堡出來，到附近的村莊，向一位老婦人買了她身上穿的衣服。到沒人的地方換上衣服後，再把臉塗成褐色，上

面畫了很多皺紋，使人認不出他是誰。然後，把一大包安眠藥倒進一瓶陳年的匈牙利酒裡面，再把酒倒在一個外面裹著竹簍的小酒桶裡，便扛著走進伯爵住的城堡。那時候，天已經黑了，他駝著背，坐在庭院的石頭上，不停的咳嗽，用兩隻手互相搓揉著。

庭院角落的馬廄前面，有好幾個士兵圍著火堆在取暖，看見從外面進來的老太婆寒冷的樣子，都很憐憫她。其中一個士兵招手邀她過去一起烤火。

老太婆像是求之不得似的顛顛簸簸的走過去，士兵們連忙幫她拿下肩上的竹簍，問她裡面裝的是什麼。老太婆回答道：「最高級的酒，我帶出來做生意的。你那麼照顧我，請你喝一杯好了。」

老太婆說著，就倒了一杯酒給向她招手的士兵，士兵接過手，一口喝下後說：「好酒，再來一杯吧！」其他士兵看見他連喝兩杯，全都擁過來向老太婆要酒喝，有一個還跑進馬廄告訴待在裡面的三個士兵。

那三個士兵身負使命，不敢出來！老太婆提著酒桶子進了馬廄，只見裡面一個士兵坐在馬鞍上，一個士兵手握著韁繩，另一個士兵抓著馬的尾巴，而那匹馬便是伯爵的愛馬。她給這三個人倒了許多酒，叫他們不必客氣，盡情的喝，喝到酒桶見底為止。

經過一會，握著韁繩的士兵手一鬆，「咚隆」一聲倒下去；隨後抓住馬尾巴的士兵也鬆開手，倒在地上，發出了很大的打呼聲；騎在馬上的士兵仍坐在上頭，但他更早就趴在馬脖子上睡著了，嘴角呼出來的氣比鼓動風爐的聲音還要大。馬廄外面的士兵也一個個睡得像死了一樣。

神偷想作弄他們一番，拿起一把稻草讓抓韁繩的士兵握著，然後讓抓住馬尾巴的士兵拿著掃把，不過馬鞍上那個士兵怎麼辦呢？他不想把他推下來，因為那樣他一定會驚醒而大叫。

最後，他想出一個好主意。只見他蹲下把馬肚子下的馬鞍帶子解開，用幾根繩子把馬鞍牢牢拴在了牆上的吊環上，然後把坐在馬上睡著的士兵，連同馬鞍高高吊在柱子上。這樣一來，一個個都不能動彈。

接著，他迅速把馬鍊解開。但如果他就這樣騎著馬走在庭院中的石板路上，肯定會讓人聽見馬蹄聲。於是他用破布把四個馬蹄包好，牽著走到庭院，再跨上馬背，飛奔離開城堡。

天亮以後，神偷騎著偷來的馬折回了城堡。這時候伯爵剛剛起床，正從城樓的窗戶探出頭來。「您早，伯爵老爺！」神偷向他打招呼，接著說：「我騎的這匹馬，就是從閣下馬廄裡牽出來的。瞧！

您那幾個守衛還熟睡中呢。不相信您可以親自去看看！」

伯爵一眼就認出了那匹馬，強裝著笑臉說：「第一件事你做得不錯，第二件事我想不會那麼順利吧！我警告你如果讓我逮到，我可是要把你移送法辦。」

當天晚上，伯爵夫人睡覺時，手裡緊緊握住那只結婚戒指。伯爵把所有的門窗都關緊後，安慰夫人說：「你儘管安心睡覺！我要守著等神偷出現，好用槍把他射死。」

但是神偷並沒有馬上出現。他在城堡外等到深夜後，趁著夜色昏暗爬上刑場的絞刑臺，他一刀割斷繩子，把已經被絞死的犯人卸下來扛在肩上，進入城堡後，再搬來事先準備好的梯子，靠在伯爵寢室的窗口，然後扛著死屍一步一步往上爬。爬到最高一層時，坐在床上等待的伯爵，看見窗外出現一個人頭，立刻扣下扳機。槍聲一響，神偷立刻鬆開手，把死屍往下丟，自己再從樓梯往下爬，躲在黑暗的角落。

那天夜晚月色迷濛，月光裡伯爵爬出窗外，順著梯子爬下來，把地上的死屍扛向花園，在那裡開始挖坑掩埋屍體。

「啊，這真是個好機會！」神偷心裡這麼想。

他便從角落跑出來，爬上梯子，進了夫人的寢室，裝成伯爵的聲音說：「親愛的，小偷已經死了。他並不是什麼大壞蛋，只是個喜歡惡作劇的傢伙！打死他我心裡很難過，況且他是我起名的孩子。再說我很同情他的雙親，不希望這事張揚出去，使兩位老人家蒙羞，所以趁著天還沒有亮，我想親手埋葬他。起來吧！親愛的！我要用我們的床單裹著他的屍體，這樣埋起來才不會像埋葬一條狗一樣。」

伯爵夫人聽了以後立刻翻身起來將床單交出。神偷繼續又說：「親愛的，把你手上的戒指也摘下來！那不幸的起名孩子因為我輸掉了性命，就用我們的結婚戒指為他做陪葬，聊表我對他的一片心意！」

伯爵夫人很不願意，但為了順從丈夫的意思，不得不摘下戒指給他。神偷得到兩樣東西後，高高興興的回到父母家裡，這時伯爵還在庭院裡滿頭大汗的挖坑埋葬屍體！

第二天早晨，神偷帶著床單和戒指到城堡見伯爵，伯爵臉色大變，問說：「難道你也懂得魔法？我明明把你埋進土裡，你怎麼會復活跑出來呢？」

「你埋的可不是我啊！伯爵！那是絞刑臺上被絞死的死刑犯。」

神偷才把一切原原本本講給伯爵聽。伯爵心裡很氣，但也無可奈何。伯爵補充說：「還有第三件事，如果你沒法子解決，一切全都不算數！」神偷聽了以後，笑而不答的離開。

當天晚上，神偷背了一個大袋子，裡面裝了很多螃蟹，腋下也夾著一個裝滿蠟燭的包包，他手上提著燈籠，來到教堂旁邊的墳場，坐在墳墓的石碑上。他卸下肩上的袋子和腋下的包包，再從袋子裡放出一隻螃蟹，從包包裡拿出一支蠟燭，點燃蠟燭後黏在螃蟹的背殼上，接著讓牠在地上爬行。第二隻、第三隻螃蟹也以同樣的方式放走，直到袋子裡的螃蟹都黏上蠟燭放完為止。

然後他穿上帶來的黑色長袍，並在下巴上黏上雪白的假鬍子，拿著裝螃蟹的大袋子，以修道士的姿態走進教堂，踏上講臺。

教堂塔頂的鐘，這時候正好敲了十二下。最後一聲鐘響過後，神偷大聲喊道：「世界末日快到啦，希望和我一起到天國的人，請進入這個袋子！我是彼得，看守天堂大門的彼得。你們看！外面墳場的死人，正在收集自己的骨頭。快！快點進來，好讓我帶你們到天國，世界末日到啦！」

他的叫聲響徹四周，久久迴盪不已。住在教堂附近的牧師和教堂管理人聽到，從窗戶探頭看見墳地上有許多燭光在緩緩移動，以為發生了什麼事，便都趕到教堂來。這兩個人聽了一會兒神偷的布道，管理人用手肘輕輕推著牧師說：「世界末日果真即將來臨，能夠有機會進入天堂，這個時候不把握機會還等什麼時候！」

「是啊，我也是這麼想。」

「既然如此，你的地位較高，你先進去吧！」

於是牧師領先走上講臺，神偷立刻打開袋口，等牧師進入袋子後，管理人也跟著進去。神偷馬上綁緊袋口，把袋子拖下講臺。每當兩個傻瓜腦袋撞到階梯時，神偷就高聲說：「你們正在穿山越嶺呢！」以同樣的狀況拖過大路，穿過水泥坑時，他接著喊道：「我們進入雲霄了！」最後拖上了伯爵城堡的階梯，神偷又說：「登上這座天梯，很快就到達天國了！」

到了城堡，他把裝著兩個傻瓜的袋子塞在關鴿子的小屋裡，鴿子受到驚嚇，啪噠啪噠拍著翅膀飛出去了，神偷就說：「你們聽！天使們多高興，祂們看見你們來到天堂，正在展翅飛舞呢！」說完就插上門閂離開了。

第二天早晨，神偷再次來到伯爵面前，告訴他第三件事也辦好了。

伯爵問道：「那兩個人在哪裡呢？」

「在關鴿子的小屋裡，他們以為那裡就是天堂！」

伯爵不相信，親自上了城樓，證實了神偷所說都是真的，就打開袋子放出牧師和教堂管理人，然後對神偷說：「你確實是個通天神偷，算你贏了。我可以放過你，但你得離開我的領地，馬上離開，從此以後不得再回來！」

於是，神偷就回去告別了雙親，到廣大世界打天下去了。後來，他有沒有再受到法律的制裁，沒有人知道。

惡魔同行

小矮人的禮物

某個地方的一位裁縫師和一位金匠一起外出旅行。有一天黃昏，太陽下山後，他們聽到遠處傳來了歌聲。歌聲越來越清晰，那聲音聽起來怪怪的，但卻很悅耳，以致於他們忘記了疲勞，朝著歌

聲的方向走去。

月亮升起時，他們走到了一座山丘，看見前面有許多男男女女的小矮人，手拉手圍著圈圈邊跳舞邊唱歌。

圈圈的中間，坐著一位穿花上衣的老矮人，老矮人雪白的鬍子垂到胸前。裁縫師和金匠還站在那兒，滿臉驚訝的看著他們跳舞。老矮人便招手邀他們進入參加，小矮人連忙放手打開圈圈。

有一點駝背的金匠膽子比較大，他先加入了跳舞者的圈子，而裁縫師開始還有些害怕想退縮，但他看到所有人都玩得那樣開心，便也鼓起了勇氣加入了他們的行列。於是，大夥又圍成一個大圈圈，小矮人們繼續載歌載舞，歡樂無比。

突然間，老矮人從腰間抽出一把大刀，在磨刀石上磨著磨。刀子磨利了以後，老矮人把視線投向兩個外地來的人身上。

裁縫師和金匠都嚇壞了，他倆還沒來得及思索，就見老人抓住了金匠，以迅雷不及掩耳的速度把他的頭髮和鬍子都剃得精光，再以同樣的速度、同樣的動作對裁縫師下手。接著，老矮人笑容可掬的拍拍兩個人的肩膀，好像在說：「嗯，你們任我處置，沒有反抗，我很高興！」兩人瞬間領會他的意思，就不再擔心了。

老矮人又指了指地上一堆煤炭，做手勢要他們撿起來裝滿身上的口袋。雖然兩個人想不通這些東西對他們有什麼用，二話沒說就照做了。

接著，他們就動身去尋找過夜的地方。當他們到達山谷時，聽到附近教堂的鐘聲敲了十二聲響，人們停止了歌唱。回頭一看，小矮人全都不見了。在月光下，山丘顯得幽寂而沉靜。

兩個旅人找不到旅館，就躺在稻草堆上了，用大衣蓋住了身體。因為太疲倦了，忘記拿出口袋裡的煤炭便睡著了！

第二天，大衣沉重的負擔把他倆一早就壓醒了。他們把手伸進口袋，簡直不能相信自己的眼睛——袋裡裝的不是煤炭，而是金子。更驚喜的是，他們倆的頭髮、鬍子變得又長又濃又密，和以前沒有什麼兩樣。現在他倆都成了有錢人。

但是，金匠因為貪心，希望擁有更多金子，所以建議裁縫師多待一天，等天黑之後，再出去到老矮人那兒，從山上多拿一些金子下來。裁縫師沒有答應，他說：「有那麼多金子，我已經很滿足了。

回去後，我可以自己開店，也可以對我的愛人求婚了。」可是最後，為了夥伴，他決定再陪金匠多待一天。

到了黃昏的時候，金匠為了能裝回更多金子，肩上背著許多準備好的大袋子，喜滋滋的上了路。走到山丘上時，和昨天晚上一樣，有許多小矮人圍成一圈在唱歌跳舞。

老矮人又剃掉了他的頭髮和鬍子，並叫他裝煤炭。他毫不猶豫的把所有袋子裝得滿滿的，身上全是大包小包，滿心喜悅的走了回來。

回程的路上，金匠自言自語的說：「即使金子背起來很重，沒有關係，我也能承受。」當天晚上他甜甜的進入了夢鄉，夢見自己清晨醒來變成了一個大富翁。

第二天，他一醒來，立刻檢查袋子。可是，掏出來的竟是烏黑的煤炭，掏了幾次也都一樣，他非常的著急，心裡想著：「昨晚的金子應該還在吧！」

金匠非常慌張，他用又黑又髒的手摸了摸額頭，突然發現他的腦袋又禿又平，變成光頭了；摸摸下巴，也同樣如此，光禿禿的。而且他的噩運還沒結束，他突然發現到他胸口也長出了一塊和背上一樣的大瘤。這時候，他才意識到這一切都是因為太過貪心所受到的處罰，忍不住傷心，他大哭了起來。

睡在草堆旁的裁縫師聽到哭聲驚醒了過來，向金匠問明了原委後，安慰他說：「我們一起外出旅行，你竟然變成這個樣子。別擔心！以後你就住在我家，和我共享財富。」

裁縫師信守諾言，回去後便接金匠到他家裡住。可是，可憐的金匠一輩子都得負著兩個瘤度過餘生，而且為了遮掩光禿禿的頭，他現在出門一定要戴帽子了。

披熊皮的人

從前有個年輕人加入了軍隊，在戰爭中，他表現得十分英勇，在槍林彈雨中總是衝鋒陷陣。

不久，當戰爭結束和平到來，隊長對他說：「以後你可以去你想去的地方，因為部隊要解散了。」

這個年輕人自小父母雙亡，無家可歸，只好去找他的兄弟，請求他們暫時收留，等待戰爭下次爆發的時候，他就可以再回去軍隊。可是他的兄弟不念手足之情說：「我們要你幹什麼？你沒有半點技能，對我們一點用都沒有，自己去謀生吧。」

年輕人只好帶著唯一的一把槍，到處流浪。

有一天，他來到一塊廣闊的荒原，那裡除了樹木之外，什麼也沒有。年輕人坐在樹下，心裡想著：「我除了能打仗，什麼也不會。發生戰爭時，前去參戰才有一碗飯吃；戰爭一結束，我就得餓肚子了！」

這時他聽見一陣騷動，抬頭一看，發現在他面前站著一位陌生人，陌生人穿得很體面，像個紳士，但腳卻很像馬的腳。他對年輕人說：「我知道你遇到困難，但你不必擔心，我可以給你很多很多金幣，但是要先試試你的膽量，看看值不值得給你那麼多。」

年輕人回答說：「當兵的人是不會膽怯的，要試就試吧！」

陌生人說：「好！那你回頭看。」

年輕人轉身過去，看見一隻巨大的熊正怒吼著向他撲來。

「哇！」士兵大叫一聲：「好！讓我來修理修理你，看你還敢作威作福嗎？」

說完，他舉槍對準大熊的鼻子射去，「碰！」大熊應聲倒地，一動也不動了。

這時陌生人說：「我知道你很有膽量，可還有一個條件，你要做到才行。」

年輕人答道：「只要不違背神的旨意，我就幹！」他這樣回答，是因為他已經看出這個人是惡魔的化身。

陌生人說：「你可以自己看著辦，從現在開始的七年中，你不能洗澡，不能修鬍子，不能梳頭髮、剪指甲，也不可以禱告，一次都不可以。現在，我要給你我身上穿的上衣和一件披風，你要一直穿著。如果在七年內你死掉了，你的靈魂就是我的；如果你還活著，就可以獲得自由，而且可當一輩子的富翁。」

年輕人考慮自己目前的絕境，和他過去出生入死的生活，他決定再冒一次險，於是就同意了條件。

接著陌生人脫掉上衣給他，說道：「只要穿這件衣服，把手伸進口袋，就能掏出一把金幣。」

然後剝掉熊的皮說：「這就是你的披風也是你的床，每天都要睡在這上面，不可以睡別的地方。因為你這樣的打扮，以後要告訴人家你是『披熊皮的人』。」

說完，陌生人就消失了。

年輕人穿上那件衣服，迫不及待的把手伸進口袋，裡面果然有金幣。隨後，他就披上熊皮斗篷，逍遙自在的到處玩樂。

第一年，他看起來還有點人樣；第二年，頭髮已經長得蓋住整張臉，鬍鬚像一塊粗糙的毛毯，手指像獸爪，臉上積滿了汙垢，所到之處，沒有人敢靠近他。

為了祈求七年不死，他時常送錢給窮人，雖然如此，仍找不到地方住。第四年的時候，他來到一家旅館，老闆不讓他進去，甚至連馬廄也不給他住。

於是，他把手伸進口袋，掏出一大把金幣，老闆才讓他住在最後面的房間裡，但是要求他絕對不能出來，免得人家看了害怕，影響旅館的生意。

傍晚，他獨自一個人坐在屋子裡，從心底盼望七年的期限趕快到來。忽然，他聽見隔壁的屋子裡傳出一陣哭聲。他懷著一顆同情的心打開了門，看見一位老人抱著頭哭得很傷心，就靠近走過去。

老人看到他，嚇得想要跑開，最後聽到他的說話聲和人一樣，才站著不動。

於是，披熊皮的人就好聲好氣的問老人家什麼事那麼傷心。老人告訴他積蓄的錢用完了，他破產了，每天和女兒們過著三餐不繼的生活，又欠了旅館很多住宿費，可能要被送進監牢了。

這時披熊皮的人說：「這個問題用不著擔心，我有很多錢可以幫你付旅館費。」然後，他就把老闆請來，替老人家付清所有所欠的錢，並把滿滿的一包金幣塞進了老人家的口袋裡。

老人家明白他已經脫離了困境，卻不知道該如何表達自己的感激，便說：「請跟我來！我的女兒都美若天仙，你可以從中選一個當妻子。她們知道你對我這麼好，應該不會拒絕才對！雖然你看起來確實有點奇怪，但我相信娶了我女兒後，她們會幫你整理好的。」

披熊皮的人很高興，就和老人一起去他住的地方。

老人的大女兒看到他，驚叫一聲就跑開了。二女兒站在那裡把他從頭到腳打量後，說：「我怎麼能嫁給一個不像人類也不像野獸的人呢？」

但是小女兒卻說：「親愛的爸爸，他救了您，那他一定是個好人，如果您答應把女兒許配給他，那麼我們就得遵守諾言。」

這番話，披熊皮的人聽得很清楚，如果不是他的臉被厚厚的汙垢和長長的頭髮給遮掩住，父女倆一定看得見他的笑容。

於是，他把手上的戒指摘下來弄成兩半，一半送給少女，另一半自己留著。並把自己的名字刻在送給少女那一半的戒指上，而少女的名字則刻在自己那一半的戒指上。

臨別時，他請少女要好好保住那一半的戒指，並說：「我還要在外流浪三年。過了三年，如果我沒有回來，就是死了，你可以不必等我。但是，在這三年間希望你常常為我禱告，求神保佑我長命。」

從那天起，可憐的新娘天天穿著黑衣服，一想起未婚夫在外面流浪，淚水就情不自禁的湧入眼眶。

兩個姊姊不但不同情她，還時常取笑她。大姊說：「你要小心喔！將來和他握手，當心他用熊掌打你。」二姊說：「熊喜歡吃甜的東西，如果他愛上你，一定會把你吃掉。」小女兒靜靜的聽著，一句也不回答。

此時，披熊皮的人正在世界各處流浪，從一處到另一處，他做了許多好事，也救了很多人。七年終於過去了，滿七年那天的大清早，他回到七年前遇見陌生人時那片廣闊的荒原。

不久，一陣風刮了起來，在風的呼嘯中，陌生人出現在眼前，怒氣沖沖的瞪著他，並把以前披熊皮的人的舊外套丟了過來，吼叫著要他交還熊皮披風和上衣。披熊皮的人不慌不忙的答道：「這件事你別著急，你得先幫把我清洗乾淨啊！」

惡魔化身的陌生人只得去挑水讓他來洗清汙垢，並幫他梳頭髮、剪指甲、刮鬍子。修整完畢時，他又恢復以前的勇壯模樣，而且比以前更加英俊。

等惡魔一走，年輕人頓時感到輕鬆自在。他進城買了一件絲絨大衣穿在身上，坐上一輛四匹白馬拉著的馬車，前往老人家住的地方。

老人全家沒有人認得出他就是那蓬頭垢面、披熊皮的人。老人把他當做一位高貴的紳士，叫女兒們出來招待他。兩個姊姊坐在他身旁，熱情的請他喝葡萄酒，請他品嘗最好的菜餚。兩位姊姊心中暗想：「難得會見到那麼英俊瀟灑的男子！」

小女兒照樣穿著黑衣服，坐在對面，閉著眼睛，一句話都不說。

經過一會兒，老人問年輕人結婚了沒有，如果還沒有結婚，可以從他的兩個女兒中選一個為妻。二位姊姊聽了，馬上起身，跑進自己的臥室梳妝打扮起來。

當客廳只剩下年輕人和小女兒時，年輕人取出半個戒指丟進盛有葡萄酒的杯子裡，站起來將酒杯遞給小女兒。小女兒把酒喝光後，看到在杯底有半個戒指，心撲通撲通的跳了起來，連忙取下掛在脖子上的另一半戒指和杯中的那一半合合看。戒指對在一起時，分毫不差。

於是年輕人說：「我就是和你訂過婚的人，上次我們見面的時候，我滿身汙垢，披著熊皮，現在我已經得到神的恩典，恢復原來的樣子。」說完，他站了起來，就走過去擁抱親吻她。

這時，兩位姊姊穿上華麗的衣服走出來，正好看到妹妹和那個英俊的男人擁抱在一起，才知道他就是之前那個披熊皮的人，兩人就悻悻然的跑了出去，一個跳井溺死了，另一個則是上吊自殺。

到了晚上，有人來敲門，年輕人打開門一看，原來是惡魔。惡魔告訴他說：「你好！你知道嗎？我用你的靈魂換來了兩個靈魂。」

沒有手的女孩

有一個磨坊的主人，越來越貧窮，家裡除了水車和後面一棵很大的蘋果樹外，幾乎什麼財產也沒有。

有一次，他到森林去砍柴，遇見一位陌生的老人。老人問他：「你何必辛辛苦苦砍柴呢？你只要把水車後面的東西送我，我就讓你成為大富翁。」

磨坊主人心裡想，水車後面除了蘋果樹外，不會有別的東西了。於是，他就寫了一份讓渡書，交給老人。老人帶著嘲笑的神情說：「三年後，我會去向你索取屬於我的東西。」

磨坊主人回到家，妻子出來迎接他。妻子問：「為什麼我們家會出現這麼多錢呢？每一個盒子都裝得滿滿的，又沒有任何人送來，這是怎麼回事啊？」

「那是因為我在森林裡遇見一位陌生的老人，他向我要水車後面的東西，我寫了讓渡書給他。他說要送給我們許多寶物，水車後面的大蘋果樹，送給他，應該也沒什麼關係吧？」

妻子聽了，吃驚的說：「哎呀！你真是的，那個老人一定是惡魔，他要的不是蘋果樹，而是我們的女兒。你出門的時候，女兒正在水車後面的庭院打掃啊！」

磨坊主人的女兒，是個虔誠的信徒，在這三年裡，非常尊敬神，過著清純的生活。

三年後，惡魔要來帶走女孩的日子終於到了。這一天，磨坊主人的女兒把身體洗得乾淨，然後站在地上，四周用粉筆畫了一個圓圈。惡魔匆匆趕來，但是沒有辦法接近女孩，便生氣的對磨坊主人說：「你不能讓你的女兒用水洗澡，要不然我就沒辦法靠近她，把她帶走。」

磨坊主人非常害怕，就按照惡魔說的話，禁止女兒洗澡。第二天早上，惡魔來了。雖然女孩沒有洗澡，但她用兩手蒙著眼睛哭泣，兩手被淚水洗得很乾淨，惡魔還是不能靠近她。

惡魔對磨坊主人說：「把你女兒的手砍掉，要不然我對她沒有辦法！」

「我怎麼忍心砍掉自己女兒的雙手呢？」磨坊主人嚇壞了說。

「如果你不這樣做，我就先把你帶走。」磨坊主人非常害怕，只好答應，走到女孩身邊說：「女兒啊！如果我不砍掉你的雙手，惡魔就會把我帶走，這讓我非常害怕，請你幫助爸爸解決困難，原諒爸爸不得不對你做出殘酷的事。」

「爸爸！你想怎麼做，就做吧。我是你的女兒。」說著女孩就伸出雙手，讓父親砍掉了。

第三天早上，惡魔又來了，女孩因為失去手掌，眼淚潸潸的流下來，把兩隻手臂洗得很乾淨，惡魔仍然沒有辦法接近她，完全喪失帶走女孩的權利，便失望的離開了。磨坊主人對女兒說：「因為你，我才能得到惡魔的寶物，我要好好的照顧你一輩子。」

女兒對父親說：「我不能留在這裡，我想到別的地方去，相信一定會有慈愛的人需要我。」
天亮以後，女孩就請父親把她的手臂綁在背後，然後就出發了。
女孩走了一整天，到了夜晚，她來到國王的庭院前，靠著明亮的月光，可以看見庭院裡的樹，結滿美麗的果實，但是庭院被一條河圍繞著，無法進去。女孩又累、又餓、又渴，非常痛苦，她心裡想：「如果能進去吃果子，該多好！不然我真的會被餓死！」
想著，她就跪下來呼喚神，向神禱告。
突然間，天使降臨，把水門關起來，使水止住，河溝就乾了。

於是，天使陪著女孩，通過河溝一起走進庭院裡。女孩看見樹上結著碩大的梨子，為了填飽肚子，便走了過去，摘下一顆梨子，吃掉了。看守庭院的人，看到這一幕，以為女孩是幽靈，旁邊又有天使保護，心裡非常害怕，所以不敢出聲，也不敢阻止。女孩吃完梨子，就心滿意足的躲到樹叢裡。

第二天早上，國王到庭院數一數果子的數目，知道少了一個梨子，便向看守庭院的人問道：「那個梨子去了哪裡了？」

看守庭院的人說：「昨天晚上，有一個沒有手的幽靈進來，用嘴咬下一個梨子吃掉了。」

國王驚奇的問：「幽靈怎麼會越過河水進來呢？吃了梨子又到哪了？」

看守庭院的人便回答說：「有一個穿白色衣服的人，由天上降下來，關了水門，止住河水，讓幽靈通過河溝走進來。我在想，那個穿白色衣服的人是天使，因此非常害怕，不敢出聲，幽靈吃完梨子後就離開了。」

國王便說：「明天晚上，我要和你一起守著庭院，看你說的是不是實話。」

天黑以後，國王請一位神父進入庭院，以便和幽靈交談，他們三個人便坐在樹下守著。半夜，女孩由樹叢裡爬出來，走到果樹前，咬下一個梨子吃掉，她的身旁有白衣天使保護著她。

神父走出來問她：「你是從天上來的？還是由人間來的？到底是鬼是人？」

女孩回答：「我不是鬼，只是一個可憐的人。我被人拋棄了，只有神沒有拋棄我。」

國王回答：「即使世界上所有的人都拋棄你，我也不會拋棄你。」

於是，國王就把女孩帶回王宮，由於女孩非常漂亮，又非常信神，國王打從心裡愛她，為她做了一對銀製的義手，並娶她為王后。

過了一年，國王要到前線打仗，便交代母后說：「王后生產時，一定要好好照顧她，並且馬上寫信通知我。」

不久，王后生下一個漂亮的男孩，年老的母后立刻寫了一封信，向國王報告好消息。可是，送信的人在半途中，因為太疲倦，在一條小河邊休息，不小心便睡著了。

這時，經常想加害王后的惡魔，悄悄把那封信的內容換過。信的內容變成：「王后生了一個像妖怪的孩子。」

國王接到了這封信，心裡又驚又悲傷。最後，他寫了一封信，交代母后在他回家以前悉心照顧王后。送信的人拿著這封回信，經過同樣的河邊休息時，又睡著了。

於是，惡魔又跑來把信拿走，放了一封自己寫的信，信上說：

「把王后和嬰兒一同殺掉。」

母后接到這樣的信，嚇了一跳，不敢相信，便再寫一封信給國王。可是，惡魔老是在半途中把信換掉，母后每次接到的回信，都是同樣的答覆，最後一次的回信上，居然寫著：「不但要把王后和嬰兒殺掉，還要挖出他們的舌頭和眼睛，作為證據。」

母后因為要殺害無辜的人，感到十分傷心。她流著眼淚，在半夜裡，叫人殺了一頭母鹿，便把牠的眼睛和舌頭挖出來，然後對王后說：「我無論如何都不能接受國王的命令，把你們母子殺死，但是你已經無法待在這了，帶著孩子到別的地方去吧！不要再回來了。」

母后把孩子綁在王后的背上，可憐的王后哭紅著眼睛離開了。走進一座大森林，跪著向神禱告。

不久，天使出現，將她帶到一棟小屋前面。小屋門前，掛著一塊小小的木牌，上面寫著：「任何人都可以在這裡免費住宿。」

這時，小屋裡走出一位穿著雪白衣裳的少女，說：「王后，歡迎您光臨！」

「你怎麼知道我是王后呢？」

「我是天使，神特地派我來照顧你們母子倆。」

王后在小屋住了七年，受到非常親切的照顧，又因為她對神的信仰很堅定，所以神就把她被砍掉的雙手，重新生長出來。

有一天，國王終於從戰場回到王宮了，他迫不及待的想要見王后和孩子。母后卻哭著說：「你真狠心，竟然叫我殺害無辜的母子。我已經按照你的吩咐做了，這是你的回信，還有作為證物的舌頭和眼睛。」

國王看了，哭得非常傷心，淚流不止，母后便安慰他說：「放心好了，王后還活著。我當初不忍心下手，就偷偷殺死母鹿，留下假證據，讓王后背著孩子出走了。因為你已經變心了，我就囑咐她不要再回來！」

國王回答說：「即便走遍天涯海角，我也一定要把王后找回來。在找到王后和孩子前，我既不吃也不喝，只希望他們母子平安無事。」

從此，國王開始不斷的尋找了七年，石縫、山崖、洞穴，他都找遍了，還是看不到母子倆的身影。他心裡想，母子倆也許早就餓死了。在這一段時間裡，國王雖然不吃也不喝，但是因為他的意志很堅定，神就使他活著。

最後，國王終於來到一座大森林，看見一間小木屋，門上有個木牌寫著：「任何人都可以在這裡免費住宿。」

這時，白衣少女走出來，對他說：「國王，歡迎您來！」

「我流浪了七年，想要尋找我的妻子和兒子，但是一直沒有找到。」

白衣少女端出食物和飲料來，可是國王連一口也不想嘗，只希望休息一會兒。

於是他躺了下來，在臉上蒙著一塊布睡著了，天使趕緊走進王后的房間，對她說：「你的丈夫已經來了，帶你的孩子出來見他吧！」

王后帶著孩子，來到國王睡覺的地方。這時蒙在國王臉上的布突然滑落，王后說：「孩子，去把父親的布撿起來，蓋在他的臉上。」

國王在半醒半睡之中聽見王后說的話，便故意讓布再掉下去。男孩不耐煩的說：「媽媽，我怎能在父親的臉上蓋上布呢？我在這個世界上不是沒有父親嗎？當我說著『在天上的父』的禱告詞時，你不是告訴我，父親在天上已經變成神了嗎？這個像野獸一樣的人，我不認識，他不會是我的父親。」

國王聽了，馬上坐起來，問道：「是你嗎？」

「是的，是我。我是你的妻子，他就是你的兒子，這幾年辛苦你了。」

「我妻子的手，是銀製的手才對啊。」

「這雙真正的手，是仁慈的神賜給我的。」

這時，天使從房裡拿出一雙銀製的義手。國王看了才知道她的確是自己日夜思念的妻子，便高興的擁吻著王后，說：「現在，我心中的石頭，總算落地了。」

於是，天使做了一桌很豐盛的菜餚，請他們飽餐一頓。等吃過晚飯後，三個人就離開小屋，回到王宮去，全國的百姓都欣喜若狂。

國王和王后就重新舉行一次婚禮。

從此，他們愉快的生活在一起，直到蒙神召見為止。

貓頭鷹

兩、三百年前的人，不像現代人這麼聰明，這麼有心機。當時，在某一個小鎮裡，曾經發生一件奇妙的事。

一隻學名「鴟梟」的貓頭鷹，半夜迷了路，飛進鎮上一戶人家的倉庫。天亮後，貓頭鷹怕其他鳥兒見到牠，會受驚而聒噪，就躲在角落不敢出來。

早上，這戶人家的一個僕人到倉庫來取稻草生火，看見了蹲在牆角的貓頭鷹，他嚇了一跳，慌忙跑去報告主人說：「老闆，倉庫裡有怪物，好可怕喔！我從來沒看到那麼可怕的怪物，兩隻烏溜溜的眼睛不停的轉動著，好像要把人吞下去的樣子。」

「你這種人也真怪！在野外追逐山鳥那麼有勁，在家裡看見一隻死雞，你還要拿一根棍子才敢走進去，喔！實在是不像話！好啊！我去看看是什麼怪物，把你嚇成這個樣子。」

主人說著，挺起胸膛走進了倉庫，四下尋望。當他一眼瞧見了這古怪可怕的動物時，嚇得不輸給那僕人，「咻」的一下就跳出了倉庫，並且大聲向鄰居求救：「快來幫忙吧！快來幫忙吧！我家有一隻來歷不明的怪物，快來幫忙補殺牠！牠躲在倉庫裡，一旦飛出來，全鎮的人都會遭殃！」

小鎮一下子沸騰了起來，只見人們一個個拿著鐮刀、斧頭、耙子或矛，好像要和敵人作戰一樣，紛紛趕來。最後，連鎮長和議員們也來了。

大夥兒先在廣場上整隊集合，便浩浩蕩蕩的前進，把倉庫圍得水洩不通。

這時有個最勇敢的人走上前，漫不經心的拿著矛進去了。接著只聽一聲尖叫，他沒命的跑了出來，變得面無血色，語無倫次。接著又有兩個人大膽的衝了進去，結果也和剛才那個人一樣，蒼白著臉跑了出來。

最後，一個身材魁梧、自稱曾經立下戰功的勇士，取笑大家說：「區區一隻畜生，你們都無法趕走，簡直和女人家沒有兩樣！」

說完他披上盔甲，一手拿刀，一手拿盾，衝進倉庫。人人都稱讚他勇敢，不過很多人也為他的生命擔心著。

勇士進去後，立刻把倉庫的門完全打開。這時候，貓頭鷹從角落飛出來停在倉庫中間的大梁上。外面的人看到，紛紛發出淒厲的喊叫聲。

「快把梯子搬來！」勇士在裡面大聲喊道。

人們很快就搬來梯子，替他祝福打氣，祈福他能獲得曾經征服蛟龍的勇士的庇佑。

勇士壯著膽子一步步的爬上梯子到達了頂端，貓頭鷹看見有人要抓他，再加上人群的叫囂聲，牠不知如何逃生，便不由自主的睜大眼珠亂轉，羽毛豎立，展開雙翅亂拍，從嘴裡「嘟咿！嘟嗚！」的叫著。

「上去吧！上去吧！不要讓牠逃走！」外面的人大聲鼓勵勇

士。

勇士說：「喔，你們不要在那邊亂喊！無論是誰站在這梯子上，我相信、我相信誰都不敢那樣說。」隨後，他又向上爬一層，兩腳卻不停的發抖。一會兒，就一層一層的爬了下來。

「連自稱立過戰功的勇士都不敢靠近，你看那怪物有多可怕！」

「要趕快想個對策啊！」

「等牠飛出來，我們就完蛋了啦！」

「我們一定要想辦法躲過這場災難才行！」

鎮上的人一句一句的說著，但始終沒有一個人想得到好辦法。最後，鎮長迫不得已的說：「事到如今，只能放火把倉庫和怪物一起燒掉。但是，事後每個人都要拿出一點錢來給倉庫主人，作為賠償倉庫和穀物、乾草等被燒毀的損失。這樣一來，誰都不必再去冒險，大家也不必擔心怪物會出來搗亂！」

大家一致同意了這個辦法，於是就分頭在倉庫四周堆積乾草，點火燃燒。

一會兒的工夫，倉庫燒平了，貓頭鷹死在火燼中。

天鵝王子

從前，有一位國王到森林裡去打獵。他因為專心要追趕野獸，跑得太快，所以和僕人們失散了。到了傍晚，國王發現自己迷失了，已經找不到走出森林的路。這時候，他看到一個老婆婆，正搖頭晃腦的走過來。其實她是一位巫婆。

國王問說：「伯母，你能不能告訴我，怎麼走出去？」

老婆婆說：「當然可以。不過，你也要答應我一件事，否則你就永遠走不出去，會餓死在森林裡。」

國王問她：「什麼事呢？」

老婆婆說：「我有一個世界上最漂亮的女兒，她有當王后的資格，如果你願意娶她為妻為后，我就告訴你走出森林的路。」

國王很怕走不出森林，只好答應了。

老婆婆便把國王帶進一棟小屋，她的女兒坐在火爐旁邊，好像已經等很久了。當女兒出來迎接國王時，國王認為她長得的確很漂亮，但是不知道為什麼，他一看到她，就禁不住要發抖。國王把她抱到馬背上以後，老婆婆就指著一條正確的路。於是，國王順利的走出森林，回到城堡，便和老婆婆的女兒舉行婚禮。

其實，國王早就結過婚，王后替他生下了七個小孩，是六個男孩和一個女孩。王后非常疼愛自己的孩子，愛孩子勝過愛世界上所有的寶物。

娶了新的王后之後，國王很擔心這個後母會虐待孩子們，或做出可怕的事情，便把孩子們帶到森林深處，讓他們住在一座孤立冷清的城堡裡。到這座城堡的路非常隱密，連國王也要使用一團有魔法的線球才能找得到——只要國王把那線球往前一丟，線條就會鬆開，指出一條道路來，帶他到達城堡。

因為國王時常去找孩子們，引起了王后的注意，她很想知道國王究竟在森林裡做什麼。她便用很多金錢買通僕人，僕人們洩漏了國王的祕密，並且告訴王后，只有線球才能帶路到達那座城堡。王后設法找出國王藏匿線球的地方，然後用白色的絹布做了許多件小小的汗衫，由於她早就從母親那學會了巫術，所以這些汗衫都是帶有魔法的。

有一天，國王出去打獵了，王后便偷了線球引路，帶著汗衫，

走進森林深處，來到那座城堡的前面。

王子們遠遠看到有人走過來，以為是父親，便很高興的跑上前去迎接。

王后很快的把汗衫，一件一件丟到王子們的身上，王子們立刻變成六隻天鵝，飛向森林的另外一邊去了。

於是，王后以為自己把前妻的孩子都趕走了，她非常滿意的回到王宮裡，可是她不知道還有一位公主沒有出來。

第二天，國王來看孩子們，只有小公主迎接他，國王問道：

「哥哥們呢？」

「爸爸，哥哥們丟下我一個人，都走掉了。」

小公主把昨天在窗口，看見哥哥們變成六隻天鵝飛走的情形說給國王聽，然後拿出哥哥們掉在地上的羽毛給他看。

國王非常傷心，但是他不認為這種壞事是王后做的。為了怕失去女兒，他想把女兒帶回王宮，可憐的小公主怕後母陷害她，就苦苦哀求說：「讓我在城堡裡再住一個晚上吧！」

到了晚上，小公主就逃出了城堡，走向森林的另外一邊。她不停的趕路，一直走到第二天下午，終於累得走不動了。

這時，小公主發現了一間小木屋，走進去一看，房間裡擺放著六張小床，但是她不敢睡在床上，便偷偷的爬到床底下，想在硬硬的地板上睡一個晚上。

不久，天色暗了，外面響起一陣「沙！沙！」的聲音，仔細一看，有六隻天鵝從窗口飛進來，天鵝停在地上互相吹著氣，把身上的羽毛全部吹落，天鵝的皮就像汗衫似的脫掉了。小公主知道那是她的哥哥們，便高興的由床底下爬出來，哥哥們看到妹妹也都非常高興。

但是不久，哥哥們就對她說：「妹妹，你不能待在這裡，因為這是強盜窩。強盜們回來看到你，一定會把你殺掉的。」

妹妹說：「你們不能保護我嗎？」

哥哥們說：「不行！我們每天晚上只有十五分鐘的時間可以變成人。時間一過，就會再變成天鵝。」

妹妹哭著說：「沒有辦法可以救你們嗎？」

哥哥們說：「不行的！那太難了，如果要救我們，你在六年當中，就不能說話，也不能笑，而且要用延命橘替我們縫成六件汗衫。在這段期間，你只要說一句話，所有的功夫就都白費了。」

過了十五分鐘，哥哥們果然又變成天鵝，從窗口飛出去了。小公主下定決心，即使會喪失生命也要拯救哥哥們。於是，她便走出小屋，進入森林深處，坐在高高的樹上度過夜晚。天亮以後，她收集了很多延命橋，在樹上開始縫汗衫。

森林裡沒有人可以和她說話，她也沒有想笑的心情，只是低著頭在縫汗衫。

過了一段很長的時間，有位年輕的國王來到森林打獵。國王的獵人們來到那樹下，發現小公主。就問她說：「你是誰？」小公主不回答。

獵人又說：「你下來吧！我們不會傷害你的。」

小公主只是搖搖頭，獵人卻一直問個不停，她就取下金項鍊丟給他們，希望他們滿足的走開，但是獵人仍然繼續追問，她接著把腰帶襪帶等等，身上的東西一樣一樣丟下去，獵人還是不走。最後，獵人就爬上樹去，把小公主抱下來，帶到國王面前。

國王問她：「你是誰？在樹上做什麼呢？」小公主沒有回答。

國王用自己所知道的各種語言問她，小公主還是一樣沉默著。

她長得太漂亮了，年輕的國王不禁心動，便脫下自己的斗篷，披在她的身上，又讓她坐在馬背上，把她帶回王宮。

回到王宮裡，國王讓小公主穿上美麗的衣裳，使她美得更耀眼了。可是，她仍然不說話。國王吃飯的時候，就讓小公主坐在身邊，看到她謙和溫柔的表情，心裡非常喜歡。國王說：「我一定要跟她結婚，絕對不娶別人。」過了幾天，國王就和小公主結婚了。

國王有個壞心腸的母親，很不喜歡這段婚姻，常常說王后的壞話。她說：「不會說話的女孩，不知道是從哪裡來的，怎麼配得上國王呢？」

一年以後，王后生下來第一個孩子，母后就把孩子藏起來，又趁著王后睡著時，在她的嘴脣上塗上了血，然後跟國王說：「王后是一個吃人的女妖怪！」

國王不相信母后的話，也不許任何人傷害王后，王后經常坐在那縫汗衫，對其他的事情一點也不放在心上。

後來，王后又生了一個漂亮的男孩。母后又用同樣的方法騙國王，國王還是不相信。他說王后的信仰堅定，性情溫順，不可能做出這種事情的，如果她能開口辯解，一定可以證明自己是無罪的。

可是，等到王后生下了第三個孩子，母后又藏起來、再度控告她時，國王再也沒有辦法不處罰王后了。法官把王后判處死刑，要用大火活活燒死她。

到了王后要被燒死的那一天，剛好是六年期限的最後一天，哥哥們身上的魔法就要消除了，六件汗衫已經縫好，只差第六件的左邊袖子還沒縫上去，王后便被帶到刑場去了。

王后把六件汗衫披在自己的肩膀上。當柴堆的火就要點燃時，她看見天空中飛來六隻天鵝，她知道就要得救了，心裡非常高興。天鵝們飛到了王后的身邊，然後王后很快的把汗衫穿在牠們身上。汗衫一碰到天鵝的身體，羽毛和皮就脫落了，六個活生生而英俊的王子，立刻出現在王后面前，只有最小的王子沒有左手臂，背部還留著天鵝的翅膀。

王子們合力把妹妹從刑架上救了下來，然後互相擁抱，互相親吻。王后走到驚慌失措的國王面前，開口說：「國王，現在開始，我好不容易可以說話了，讓我證明我是無罪的，不應該受罰。」

王后告訴國王，三個孩子都是母后抱走，是母后藏起來欺騙國王的。於是，她把三個孩子帶出來，國王非常高興，而壞心腸的後母，也終於受到懲罰，被綁在刑架上燒成灰。

從此以後，國王、王后和她的六個哥哥，就一起過著很幸福的生活。

賭徒漢斯

很久以前，有一個名叫漢斯的人，整天不務正業，只愛賭博，所以大家叫他賭徒漢斯。他整天賭啊賭，不停的賭，輸掉了房子，輸光了全部的財產。就在債主們要沒收他房子的前一天晚上，神和聖彼得來到了他家，請求他讓祂們暫住一晚。漢斯回答道：「今天晚上祢們住下來沒有問題，可是我沒辦法給祢們床鋪或吃的東西。」

神說：「只要能住就行了。吃的東西我們自己花錢買。」

這對漢斯來說，最好不過了。這時聖彼得給了他三個銀幣，請他去買些麵包。

漢斯從家裡出來，經過賭徒們聚集的地方，那些人曾經贏了漢斯很多錢，他們看到漢斯，大聲叫道：「漢斯，快進來吧！」

漢斯說：「喔！你們連這三個銀幣也不放過嗎？」那些人不回答，一群人把他連推帶拉擁進屋裡。漢斯進去一會兒，三個銀幣全都輸掉了。

這時神和聖彼得左等右等，不見他的蹤影，決定出去找他。這時候漢斯回來看到祂們，就假裝錢掉進了水溝裡，拚命往水溝裡打撈。

但是，神早已經知道他把錢輸掉了。聖彼得又給了他三個銀幣，這次漢斯沒有去賭博，買了麵包回來給祂們。

神問他有沒有葡萄酒，他說：「啊哈！老爺，酒桶裡面空空的！」

神說：「到地下室去吧！那裡有香醇的葡萄酒。」

漢斯不太相信，但因神一再催促，他只好勉強走到地下室，他一拔掉酒桶的栓子，真怪了，竟然流出最好的葡萄酒來。於是，他把葡萄酒帶到上面給神和聖彼得，兩人當晚就在他家過夜。

第二天一大清早，神對漢斯說：「你可以提出三個願望。」

神本來以為他會請求希望上天堂，沒想到漢斯竟然要一副包贏的撲克牌、一組包贏的骰子和一棵長滿水果的樹，而那棵樹無論誰爬上去，沒有他的命令就下不來。神按照他的願望全都給了他，然後和聖彼得就離開了。

從那天早上起，漢斯提起精神和人家賭博，經過不久，贏到價值將近半個世界的銀幣。得知這個消息後，聖彼得對神說：「神啊！這種事可不能繼續下去。到最後，整個世界恐怕會被他吞占掉。所以，應該派死神去抓住他。」

神覺得聖彼得言之有理，就派了死神去找漢斯。

死神到的時候，漢斯正在牌桌上賭撲克牌，死神說：「漢斯，你過來一下！」

漢斯答道：「我還沒賭完呢！你先爬到外邊的那棵樹上摘個小果子下來，讓我邊賭邊吃吧。」

死神果真乖乖的爬上樹去摘水果，可是摘好想下來的時候，他卻下不來。漢斯故意不讓他下來，死神在樹上一待就是七年，而這七年中世上沒有任何一個人死亡。

聖彼得又對神說：「神啊！這樣怎麼行呢？看樣子我們倆非親自出馬不可。」

於是，神和聖彼得一起來到人間，命令漢斯把死神從樹上叫下來，漢斯只好照辦。死神一下來，就抓住漢斯，把他掐死。神和聖彼得也就離開，回到另一個世界去了。

到了那兒之後，漢斯直接來到天堂門口敲門。

天堂之門的那一頭傳來了聲音：「誰在敲門啊？」

「是我！我是賭徒漢斯。」

「回去吧！這裡沒有你容身的地方。」

於是漢斯就到淨罪界敲門。

「外面是誰啊？」

「是我！我是賭徒漢斯。」

「這裡令人擔心和煩惱的事多得很，我們可不想賭博了，你趕快走吧！」

賭徒漢斯只得跑去敲地獄之門，地獄之門打開讓他進去。但是，地獄裡除了老魔王撒旦和幾個駝背的魔鬼，就沒有別人了。因為沒有駝背的魔鬼們都在人類的世界工作。漢斯一屁股坐下來就和老魔王撒旦賭博，因為他擁有包贏的撲克牌，不久就從撒旦手上贏來了所有駝背的魔鬼。

漢斯帶著駝背的魔鬼們去把蛇麻草的枝幹拔了起來，搬到了天堂之門前，用力撞門，使得天堂之門發出「吱吱嘎嘎」的聲響。

聖彼得又對神說：「神啊！這樣可不行啊，我們得讓那傢伙進來，不然天堂會不安寧啊。」神只好打開天堂之門，讓他進來。可是漢斯本性難改，又開始賭博，邊賭還邊發出很大的吆喝聲，吵得大家都聽不見自己的說話聲。

無可奈何，聖彼得這時又說：「神啊！不行、不行！不把他趕出去，天堂會鬧翻的。」於是，神和聖彼得合力抓住漢斯，把他丟到人間去。

就這樣，他的靈魂摔成了碎片，七零八落的散開來，跑進現在還活著的每個賭徒心中。

替人命名的死神

有一個窮人為了養活十二個孩子，每天都辛勤的工作。當第十三個孩子出生時，他真是煩惱極了，就到街上去，想請第一個碰見的人來當孩子的命名教父。

首先，他遇到了神，神很同情他。就自願當孩子的命名教父，並說：「我可以照顧這孩子，讓他幸福快樂。」

「請問你是誰？」

「我是神。」

「不，我不希望祢成為我兒子的教父，因為祢把好東西都給了富人，卻讓我們挨餓受凍。」

窮人不懂神的苦心，便丟下了這句話，轉身離去。

這時魔鬼來了並問他說：「你在找什麼？要是讓我當你兒子的命名教父，我會給他榮華富貴和人間無上的歡樂。」

「請問你是誰？」

「我是魔鬼。」

「哼！你專門招搖撞騙，又引誘人們做壞事，你不夠資格為我兒子命名！」

窮人拒絕了魔鬼，又邁開腳步向前走。

這時，有著一雙竹竿似瘦腳的死神，來到他身旁，並說：「我來當你兒子的教父如何？」

「請問你是誰？」

「我是死神，就是對一切的人都公平的死神。」

窮人露出了微笑說：「好的，再也沒有比你更恰當的人選了。因為不論窮人或是富人，你都會將他們帶走。」

「我會讓你兒子名利雙收。凡是我的朋友，我都會讓他滿足的。」

於是，窮人就和死神約好下個禮拜天，要為孩子受洗。到了受洗這天，死神果然依約而來，按照了慣例替孩子舉行洗禮、命名的儀式。

隨著光陰的消逝，小孩已成長了一位青年。有一天，死神來到他們家，對他們說：「跟我來！」

青年便跟著死神來到森林。死神指著地上的藥草說：「這是教父要給你的禮物，我要讓你成為名醫。當你被請去看病時，我會跟在你身旁，要是你看到我站在病人的頭部附近，你就告訴他『可以痊癒』，再煎這種藥草給他喝；要是我站在病人的腳邊，你就告訴他『準備後事』。要記住，不要違背我的決定，隨便把藥草拿給沒救的人喝，否則你將會遭到可怕的懲罰。」

沒過多久，青年的醫術就遠近馳名，大家都說，他醫術已經高明到只要看病人的臉就知道有沒有救。於是，越來越多的人都要找他看病，使他的收入也越來越豐富。

有一次，國王病了。青年被請進王宮去看病。國王的侍從都很關心國王的病情，然而青年卻不知該如何回答他們，因為他看到死神正站在國王的腳邊。

青年在心中對自己說：「雖然我違背死神的意思，但畢竟是他的命名孩子，他總不會這麼絕情吧！」

暗自做了決定後，青年抱起了國王，調轉了一下方向，死神就變成站在國王的枕邊。青年人讓國王服下藥草，

國王的病就痊癒了。

死神繃著臉，用手指著青年，生氣的恐嚇說：「你竟敢違背我的命令，看在你是我命名的分上原諒你一次，要是下次再這樣，你就會沒命的！」

不久，國王唯一的公主病了。由於傷心過度，國王的雙眼都哭瞎了。於是，他宣布只要有人能救活公主，就可以成為駙馬，並在將來國王死後，繼承王位。

青年看到死神正站在公主的腳邊，便知道國王已經保不住心愛的女兒，然而美麗的公主使他神魂迷醉，他記起了死神的警告。

但是，這時的他，早已無視於死神憤怒的眼神和枯瘦的拳頭，他伸手抱起公主，調轉個方向，再煎藥草給她喝。公主喝下藥草，臉上有了血色，體力也漸漸恢復了。

這時死神走向青年，大聲的說：「你害我損失了兩個人，但現在就由你來償命吧！」

青年被死神冰冷的手緊緊抓住，幾乎無法喘息。他被帶到地下的洞穴裡面，裡面有數以千計的火光，有的極大，有的極小，也有不大不小的；在一轉眼間有許多火光消失，也有許多火光亮起，猶如閃爍的星光，不停的變換著。

死神開口說：「那就是人類的生命火光，大的是小孩的，中的是中年人的，小的是老年人的。不過，也有的小孩或青年，他們的火光也很小。」

青年聽了以後，在心中默默的想：「我年紀還輕，屬於我的火光，應該還很大吧！」

於是他要求死神說：「我可以看看自己的生命火光嗎？」

死神回答說：「喏，那個就是。」

青年看著死神指著一團即將熄滅的小火回答之後，他驚恐萬分，哽咽著請求死神為他點燃新的生命火光，因為人世的快樂他還沒有充分領略，駙馬跟國王的尊貴也還沒有享受到呢！然而死神搖搖頭，說：「這是不可能的，在新火點燃前，一定得熄掉一支舊火。」

青年說：「你可以把舊火放在新火上，等舊火快燒完時，新火就可以接著燃燒。」死神假裝答應，但心中卻一直無法除去報復的念頭，就在拿新火的時候故意不小心把舊火掉落在地上。就在那一秒間，舊火熄滅了，青年瞬間倒地不起，成為了死神的俘虜。

死神的使者

很久很久以前，有一個巨人漫步在鄉間的大道上，突然一個陌生人跳到他面前說：「站住，不許再往前走一步！」

巨人喊道：「你這小傢伙想幹什麼？我兩根手指頭輕輕一捏就能把你捏死。你向誰借的膽子，竟敢對我如此無禮！」

對方回答說：「我是死神！沒有人能反抗我，你也必須服從我的命令。」

巨人不理他，一拳打過去！死神也不認輸，雙方就打在一起。最後死神被巨人打倒，癱倒在一塊石頭旁。

巨人凱旋而去後，死神忍著痛楚自言自語的說：「如果我永遠起不來，這世界會變成什麼樣呢？豈不就沒有人死亡？那時間久了，將到處擠滿了人，連一席空地也沒有！」

過了不久，來了位年輕人，朝氣蓬勃的一路高歌。他看見地上躺著一個人，不能動彈，馬上關心的將他扶起，從自己的瓶中倒了口水給他。

死神恢復元氣後，問年輕人知不知道他是誰。

「我不知道。」年輕人說

「我是死神。」他接著又說：「對誰我都不客氣，包括你在內。不過，因為你救了我，我不會突然讓你喪命。在帶你走之前，我會先派使者通知你。」

「啊，太好了，這樣我就可以知道你什麼時候會來，至少在這以前，我不用每天都提心吊膽的。」年輕人說完後，高高興興的走了。

從此，年輕人每天都過得很快樂，但青春和健康不會長久，不久他受到疾病的襲擊，白天痛苦，晚上睡不著。但雖然如此，他並不擔心，因為死神還沒有派使者來。

後來，他恢復健康了，又過著開心的日子。

有一天，覺得有人從背後拍他的肩膀，他回頭一看，發現死神在向他招手。

他問死神說：「有事嗎？」

死神說：「走吧！今天是你在世上最後的一天。」

「咦！你怎麼不遵守諾言呢？你不是保證說你本人來之前會

派信使通知我嗎？」

死神說：「誰說沒有派使者通知你！生病發燒你不是起不來嗎？關節痛你的手腳不是不能自由活動嗎？你沒有耳鳴嗎？你的牙齒沒有痛得無法吃東西嗎？你沒有頭暈目眩嗎？還有，我的兄弟不是使你晚上睡不著覺嗎？這一切，難道還引不起你對我的記憶？」

他聽了以後無話可說，只好認命跟著死神走。

墳頭

有一天，有一個富有的農夫站在院子裡察看他的田地。他看著麥田上黃澄澄的麥子和果園裡結實纍纍的果樹，臉上露出滿意的笑容。

他心裡想著：「去年收成的穀物堆在閣樓上，壓得屋梁都快彎了，今年又有豐碩的收成，啊！真是太好了」

隨後，他走進了飼養家畜的小屋，看著裡面的公牛和母牛又肥又壯，還有一匹渾身上下刷得乾乾淨淨的駿馬，心裡有說不出的高興。

最後，農夫回到屋子裡，打開鐵櫃，裡面滿滿的都是錢幣。他看著看著，發出會心的微笑。突然間，傳來一陣敲門聲。農夫知道那不是敲打房門的聲音，而是敲打心房的聲音。

心靈的大門一打開，他聽到有個聲音對他說：「你對你的親人親切嗎？你曾經幫助窮人嗎？你把你自己的飯分給過飢餓的人們嗎？你對現有的財產滿足嗎？你希望比現在更富有嗎？」

農夫的心不甘示弱替他回答說：「我是一個沒有感情的人，從來不曾對人親切過，包括我的親人在內；我看到窮人馬上掉頭走開；我也不相信神，我相信的只是如何得到更多財富，即使宇宙間所有的東西都是我的，我也不會心滿意足。」

聽到自己的心這樣回答，農夫非常害怕，他的膝蓋開始顫抖了起來，他只好坐了下來。這時又傳來了敲門聲，不過這次敲的是他家的房門。敲門的人是他隔壁的鄰居，是一個窮得時常讓孩子挨餓的人。

農夫出去把門打開，窮人探頭進來說：「有錢的鄰居伯伯啊！我知道你從來不肯施捨窮人。但是為了孩子們，我不得不硬著頭皮求求你救濟。我家的孩子都快餓壞了，請你借給我一斗的麥子好嗎？」

有錢的農夫目光凶狠的看著窮人，這時祥和的日光照進他的心坎，溫熱了他貪婪冰冷的心，他突然改變了心意說：「你用不著向我借一斗麥子，因為我要送你八斗。不過有個條件，就是我死後你要連續三個晚上守在我的墳墓旁邊。」

窮人聽了心裡很不舒服，但為了能暫時填飽孩子們的肚子，只能答應下來，帶著八斗麥子回家去了。

有錢農夫似乎預感到會有什麼事發生，三天過後，他突然倒在地上死了。沒人知道這究竟是怎麼回事，也沒有人為他傷心悲痛。他的喪事完畢，被埋進墳墓後，窮人想起和他約定的事，他心想：「他雖然無情，但也是送了我八斗麥子，使我餵飽飢餓的孩子們。我既然答應過他，就不應該違背諾言。」

天黑後，窮人從家裡出來，走進了墓園，找到埋葬有錢農夫的地方，坐在隆起的墳頭上。到了深夜，四周寂靜無聲，只有月光輕灑在隆起的墳頭，不時也會有貓頭鷹忽然飛過，發出悲哀的叫聲。好不容易等到太陽出來後，窮人才回家。第二天晚上照樣平靜的度過。

但是到了第三天晚上，窮人感到特別不自在，心裡忐忑不安，總覺得有什麼事要發生。當他準備離開墓園時，看見圍牆旁邊有一個陌生人。那個人並不年輕，臉上有疤，兩隻眼睛烏溜溜的，目光銳利無比，身上穿了一件又長又寬的外套，底下露出兩隻大馬靴。

窮人問他說：「你到這麼陰森森的墓園來不害怕嗎？你是不是在找什麼東西啊。」

那人回答：「我不是在找東西，我什麼都不怕。我是個退役軍人，就像離開家出外體會什麼是害怕的年輕人一樣。不過卻有一點不同，就是那傢伙幸運的娶到公主，得到了大量的財寶，而我仍是孑然一身，什麼也沒有。會在這裡過夜，是因為沒有地方可去。」

窮人說：「既然你不知道害怕，那要不要過來陪我一起守護這個墳墓？」

「好啊！守護是軍人最拿手的。不管今晚在這兒遇到什麼好事壞事，我們就一起承擔吧。」陌生人說完，就走過去和窮人一起坐在富農的墳頭上。

前半夜一切都平安無事。但過沒多久，空中突然傳起了一陣尖銳的呼嘯聲，緊接著出現一個惡魔。

「嗯，你們兩個還不快點滾開，躺在這墓裡的人是我的，我要帶走他。快點走開，快點走開，不然我要扭斷你們的脖子。」

自稱退伍軍人的士兵大聲叫道：「紅毛傢伙！你又不是我的上司，憑什麼要聽你的指揮？我這個人不知道什麼叫害怕，快滾吧！今晚我們非守護這個墳墓不可。」

惡魔心想：「這兩個流浪漢存心和我過不去，不如用錢來把他們打發走。」

於是他就換上了柔和的語調說：「如果把你們的錢包塞滿，你們願意離開嗎？」

士兵回答說：「你肯出錢，那事情就好辦。不過不是裝滿錢包，而是要把我的一隻馬靴裝滿才行。只要錢幣把馬靴裝滿，我們就馬上把這地方讓給你。」

「哎呀！我沒有帶那麼多錢來，但是可以向我的朋友借，他在鄰鎮開錢莊，我馬上就回來，你們別走。」惡魔說完就消失了。

他一離開，士兵就連忙脫下他左腳的靴子，並向窮人借來刀子把靴底割掉，放在旁邊一條野草叢生的水溝上，並讓野草卡住靴子。士兵說：「我們很快會讓那傢伙碰一鼻子灰的。」

經過一會兒，惡魔拿著一袋錢幣回來。士兵稍稍的將靴子拿起來，然後說：「就倒進這裡吧。」

惡魔把錢幣通通倒進去，靴子裡面還是空空的。士兵大聲罵著：「你這個大傻瓜，我剛才沒說過嗎？那麼一點錢怎麼夠呢！快點再去拿回來。」

一小時後，惡魔就再提了一袋錢幣回來。士兵叫著說：「趕快倒進去。」

錢幣倒進馬靴裡，發出叮叮噹噹的聲音，但是袋子倒光了，靴子裡照樣是空的。惡魔睜大眼睛看了半天，喊著說：「奇怪！你的腳有這麼大嗎？」

士兵很不高興的說：「你以為我的腳和你一樣瘦得像馬腳嗎？你是什麼時候變得這樣小氣的？還不快點去搬點錢來，不然我們的交易就談不成。」

惡魔心不甘情不願的走回去。這次比前兩次去的時間久，扛回來的錢幣也比前兩次多了好幾倍。他再次把錢幣倒進靴子裡，仍然無法裝滿。

惡魔大發雷霆，非常生氣，他伸手就要從士兵手裡搶走長靴。

雙方正在拉扯時，聽到公雞的啼叫聲，這時早上的第一道日光穿過雲層，照到了惡魔身上，只見他狂呼大叫的逃跑了，富農的靈魂因此得救。

這時窮人要求平分金幣，士兵卻說：「我要把一部分送給沒有謀生能力的人，然後住進你家，和你一起享用剩下的錢，直到蒙神恩召為止。」

Light 005B
格事話：格林童話選集

IP授權：騷耳有限公司

作　者：格林兄弟
譯　者：林懷卿、趙敏修
改　寫：騷耳有限公司
繪　者：Dinner Illustration
裝幀設計：Dinner Illustration
執行編輯：鄭倖伃
校　稿：李映青
專案企劃：呂嘉羽

發 行 人：賀郁文

出版發行：重版文化整合事業股份有限公司
臉書專頁：https://www.facebook.com/readdpublishing
連絡信箱：service@readdpublishing.com

總 經 銷：聯合發行股份有限公司
地　址：新北市新店區寶橋路235巷6弄6號2樓
電　話：(02)2917-8022　傳　真：(02)2915-6275

法律顧問：李柏洋
印　製：沐春行銷創意有限公司
裝　訂：同一書籍裝訂股份有限公司

一版一刷：2023年09月
定　價：新台幣420元

國家圖書館出版品預行編目 (CIP) 資料
格事話 : 格林童話選集 / 格林兄弟作 ; 林懷卿 , 趙敏修譯 . -- 一版 .
-- 臺北市 : 重版文化整合事業股份有限公司 , 2023.09
冊 ;　公分 . -- (Lohas ; 5)
ISBN 978-626-97639-2-4(上冊 : 平裝). --ISBN 978-626-97639-3-1(下冊 : 平裝).
--ISBN 978-626-97639-4-8(全套 : 平裝)

875.596　　112014313